長編時代官能小説

ほてり草紙

睦月影郎

祥伝社文庫

目次

第一章　貞淑な妻の淫ら願望？

一

（うわ……、立っている……。どうしよう、してみるか……）

光二郎《こうじろう》は帰り道、四谷《よつや》の鮫《さめ》ヶ橋《はし》方面へ歩きながら、一人の女が立っているのを見つけて思った。

夜鷹《よたか》である。

暮れ六つ（日没間もなく）の鐘が鳴ったばかり、寂《さび》しい草原には夕闇が立ち籠《こ》めはじめていた。手拭いをかぶっているので、夜鷹の顔は見えない。一見ほっそりとした体つきだが、尻は豊満らしく艶《なまめ》かしい曲線が見て取れた。

間壁《まかべ》光二郎は十八歳。貧乏御家人の次男坊で、本来なら無役の部屋住みなのだが、学問所勤番組頭である旗本、新川寅之助《しんかわとらのすけ》に学問を認められ、今はその補佐として勤務していた。

それでも城中や昌平坂《しょうへいざか》学問所に出仕するのは月に数回、仕事も書庫の整理などだが光二郎は毎日が楽しく、文武に秀《ひい》でた三十歳の寅之助を心から尊敬していた。勤務のない日も新川宅に赴《おもむ》き、町家の子を集めて手習いをしている寅之助の妻女、菜穂《なほ》の手伝いなどもしているのだった。

今日は月数回の登城の日で、書庫に閉じ籠もって仕事をしていたが、いつになく遅くなってしまった。

いや、用にかこつけ、彼はわざと夕方まで勤務をし、頃合いを見計らって鮫ヶ橋へと遠回りしてきたのである。

目的は、夜鷹だった。彼は日増しに強くなる淫気に悶々《もんもん》とし、どうにも体験をしてみたかったのだ。なかなか婿《むこ》養子の口はないし、両親も、間壁家を継いで小普請方の組頭になった兄の嫁探しに夢中だから、光二郎は、自分のことは自分で考える他なかったのである。

家と城の往復では、娘を見かけることなどないし、強《し》いて言えば最も身近な女が二十三歳になる菜穂であるが、彼女はあまりに美しく、また凛然《りんぜん》として厳しく子供たちに読み書きを教えている。正に武家の鑑《かがみ》のような女性だ。

密かに菜穂を思って手すさびしてしまうことはあったが、そのたびに彼は禁断の快感に包まれ、済んだあとは激しい罪悪感に苛《さいな》まれるのだった。

まして菜穂は、光二郎にとって大恩ある、尊敬する寅之助の妻である。それだからこそ、熱い慕情は報われることはないのだ。それでも垣間見る彼女の表情や、ふとした折りに感じる甘い匂いを胸に刻みつけ、いけないと思いつつ手すさびに耽《ふけ》ってしまうのだった。

寅之助は、昌平坂に泊まり込むことが多く、菜穂が一人で家にいるときなど、思わず夜中に忍び込んでしまおうか、などと考えてしまうこともあった。

押さえつけて縛り付け、思う存分犯しても覆面をしていれば大丈夫ではないか。と、そんなことを思うのだが、もちろん妄想だけである。だいいち小柄で武芸の苦手な光二郎では、たちまち菜穂に取り押さえられてしまうだろう。そもそも寅之助と菜穂の出会いは道場で、木刀と薙刀《なぎなた》の模範演武だったのだ。

つまり夫婦ともに、文武の士であり、誰もが認める理想的な二人だったのである。

とにかく光二郎は、春本や手すさびでは治まりきれない淫気を持て余し、何度も岡場所へ行こうかと迷い、結局小遣いも少ないので、夜鷹で良いのではないかという結論に達した。

夜鷹といっても阿婆擦《あばず》ればかりではなく、改易になった武家の妻女や娘が立っているという噂《うわさ》もあったし、値も蕎麦《そば》二杯分ぐらいで手軽だという話だった。つまり大っぴらに遊郭に勤められない武家の女が内職気分で行なっているのではないかという、まことしやかな噂が同輩の間で飛び交っていたのである。

光二郎は、何度も迷い、夜鷹を抱くことを想像しては熱い精汁を放っていたが、とうとう妄想に飽きたらず、こうして出向いてきてしまったのだった。

（よし、顔を見て、あまりに大年増だったり非道《ひど》い面相だったら逃げよう……）

幸い、草っぱらに他の夜鷹はおらず、通る人もいなかった。

そろそろと近づくと、向こうでもこちらに気づいて振り返った。手には丸めた茣蓙《ござ》を持ち、かぶった手拭いの端を口にくわえ、何とも色っぽい流し目を光二郎に注いできたではないか。

（う、美しい……！）

彼は胸を摑《つか》まれたような思いで、ふらふらと彼女に近づいていった。これなら申し分ない器量だ。やや厚化粧で、濡れたように赤々とした口紅も毒々しいが、年の頃なら二十代前半から半ばほどだろう。

着物は地味だから、やはり武家かも知れない。立ち姿も、どこか安定感があったので、光二郎はそう思った。

「おや、まだ坊やだね。おいで……」

女が手招きして言った。

（え……？）

光二郎は、どこかで聞いた声と思い、さらに近づいて見ると、それはあまりに彼が知っている菜穂に良く似ているではないか。

「そんな、まさか……」

「何を言っているんだい。したいんだろう？　さあ早く」

女が急《せ》かすように、草深い方へと移動する。

あれほど恋い焦《こ》がれている憧れの菜穂と瓜《うり》二つなら、願ってもない相手なのだが、あまりに似すぎているので光二郎は思わず彼女に近づいた。

「ちょっと失礼」

言いながら、彼は女の袖をめくった。菜穂なら、そこに小さな黒子《ほくろ》が二つ並んでいるはずだ。それは菜穂が、襷《たすき》がけで子供たちに習字を教えているとき、光二郎が何度も見ているものだった。

果たして、それは女の腕にもあった。

「何するんだい！」

「あ、あなたは、奥様……？　私は、間壁光二郎です……」

「え……？」

女は、その名に聞き覚えがあるように小首をかしげた。

「奥様は、新川菜穂様ではありませんか」

さらに光二郎が名を呼ぶと、女の目が急に虚《うつ》ろになってきた。

人に化けたあやかしも、名を呼ばれると正体を現わすと言うが、まさに女の反応は顕著だった。

「菜穂……？」

彼女は言い、急に朦朧《もうろう》となってきたようだ。同時に、漂っていた毒々しい雰囲気が掻《か》き消え、憑《つ》き物が落ちたように穏やかな表情になっていった。

間違いない。これは、菜穂である。

どういうわけで、ここでこのような姿形をしているのか分からないが、光二郎は確信した。そうなると淫気は引っ込み、とにかく事態の収拾へと目まぐるしく頭を働かせた。

女、いや菜穂はふらつき、今にも座り込みそうになっていた。光二郎がその身体を支えると、ふんわりと甘い匂いが漂った。

「何があったか分かりませんが、とにかく帰りましょう……」

光二郎は言い、彼女の腕を抱えて歩きはじめた。

しかし、その時である。

「おうサンピン、これから良いところだろうが、そうはいかねえ。女を置いて消えちまいな」

いきなり、ばらばらと数人の破落戸《ごろつき》らしき男たちが駆け寄ってきて言った。

しかも、一人の大年増の夜鷹が近づき、

「これは妾《あたし》の莫蓙だよ！」

菜穂の手から、丸めた莫蓙を奪い返した。

すると兄貴分らしい髭面《ひげづら》の男が、夜鷹を押しのけて光二郎の顔を覗《のぞ》き込んできた。

「何だ、まだ餓鬼《がき》じゃねえか。とにかく、この女は俺たちに断わりもなく商売をはじめようって太えアマなんだ。怪我《けが》したくなかったら、とっとと行っちまえ！」

破落戸が凄《すご》んで言う。皆、腰には長脇差《ながどす》を落とし込み、凶悪そうな顔つきをしていた。

夜鷹は、勝手に行なう私娼というのが建て前だが、やはり縄張りがあったり、地回りなどが関わっているようだった。

「この人は知り合いだ。私が連れて帰る。もうここへは来ないから心配無用」

光二郎は、怖《こわ》いのを我慢して言った。武士として、虫けらごときに丁寧な言葉を使ったり、怯《おび》えを悟られることだけは避けなければならなかった。

「なーにが心配無用だ、この小僧ッ子が！」

破落戸が顔を歪《ゆが》めて摑みかかってきた。

「この人に触れたら斬るぞ！」

光二郎は声を上げ、菜穂を背に庇《かば》いながら鯉口を切った。しかし菜穂は立っているのもやっとのようで、彼の背にもたれかかり、いかに薙刀に覚えがあろうとも、これではどうにもならなかった。

あとは光二郎が一人で戦い、彼女を守るしかない。剣術が弱くても、そしてここで斃《たお》れようとも、逃げることだけは出来なかった。それぐらいの、武士としての矜持《きようじ》はあった。

するとi破落戸たちが、一斉にスラリと長脇差を抜き放った。

「く……！」

光二郎は恐ろしさに失禁しそうだったが、辛《かろ》うじて踏みとどまった。しかし、どうしても身が竦《すく》んで抜刀することが出来ない。背後から縋《すが》り付く菜穂も邪魔だった。

まさか自分の人生で、大勢と斬り合いをする状況が来るなど、夢にも思わなかったものだ。

（ここで死ぬのか……！）

光二郎が思い、ようやく右手を柄にかけたとき、

「ぐわッ……！」

「うぐ……！」

男たちが奇声を発し、ばたばたと倒れはじめたではないか。光二郎は何が起こったのか分からず、とにかく背に菜穂の温もりを感じながら周囲を窺《うかが》った。

二

「ひ、ひえーっ……！」

破落戸たちが全員悶絶《もんぜつ》し、草の中に転がると、一人残った夜鷹が悲鳴を上げ、茣蓙を放り出して逃げていった。

「い、いったい何が……？」

光二郎が目を丸くして立ちすくんでいると、そこへ一人の女が草の中を足早に近づ

いてきた。二十歳ばかりの町娘ふうで、眉の濃い美女だ。

「大丈夫ですか、菜穂様」

女は言い、光二郎と一緒に朦朧としている菜穂を支えた。

「とにかく帰りましょう」

「あ、あなたは……」

光二郎が言うと、女は歩きながら彼の方を見て答えた。

「私は夢香《ゆめか》。結城玄庵《ゆうきげんあん》先生のお世話になっているものです」

「結城？　確か医者の……。あの男たちを、どのように倒したのです……」

「石飛礫《つぶて》で脾腹《ひばら》を狙《ねら》いました。四半刻（三十分）ばかりで目を覚ますでしょう」

「なぜ、医者の手伝いがあのような技を……」

「私は素破《すっぱ》の修行をしておりましたので」

「素破……」

光二郎は、菜穂を支えて歩きながら思った。

確か結城玄庵は、相州にある小田浜《おだはま》藩の典医と聞く。それが町医者のようなこともしていたのだ。小田浜藩は箱根《はこね》の山間《やまあい》に近いところまで領地と言うから、昔から素破を育てる里でもあるのだろう。

それにしても、今どき素破がいるなどとは信じられなかった。

今年は、寛政《かんせい》十三年（一八〇一）が、この二月五日で享和《きようわ》元年となったばかり。天下泰平の真っ只中である。

「菜穂様は以前から、玄庵先生を訪ねて気鬱《きうつ》の相談に来ていたのです」

「気鬱？　そんな、奥様が……」

光二郎は驚いた。菜穂にそのような様子は微塵も見受けられず、毎日子供たち相手に颯爽《さつそう》と振る舞っていたではないか。

いや、その菜穂が夜鷹に扮《ふん》していたとなると、一概に否定できなかった。

「日暮れになると、急に自分でなくなるようだと仰《おつしや》り、時には寝巻きのまま夜半に外へ出て、ふと我に返ることもあるということでした」

「……」

「夢うつつに行動を起こしてしまうことがあるので、それで私も心配で菜穂様のあとを尾けていたのです」

夢香が言う。離れて様子を見ていたら、そこへ光二郎が現われたので、成り行きを窺っていたのだろう。

「そうでしたか。私は、奥様の手習いの手伝いをしております間壁光二郎。では奥様は、まだ誰も客を取っておりませんね？」

「はい。ご安心を。光二郎様が最初の客になるところでしたが」

夢香が言い、光二郎は何とも決まりが悪かった。単に光二郎と菜穂が知り合いとして出会ったのではなく、彼が夜鷹を買おうとして、あの界隈《かいわい》を彷徨《さまよ》っていたことまで夢香は見通しているのだ。

「ああ、何とも面目ない。さぞや軽蔑《けいべつ》なさっているでしょうね……」

「いいえ、お若いのですから当たり前のことです」

光二郎は赤面して言ったが、夢香は気にしていないようだった。

やがて新川家のある、番町《ばんちょう》の外れへと行き、光二郎と夢香は、菜穂を両側から支えながら家に入った。今日も、寅之助は昌平坂に泊まり込みなので、他には誰もいなかった。

光二郎は、とにかく床を敷き延べて、ぐったりとなっている菜穂を寝かせた。夢香は火を熾《おこ》して行燈《あんどん》を点《つ》け、厨《くりや》に行って粥《かゆ》を作りはじめたようだ。

菜穂は、昏々《こんこん》と眠っている。

あれほど武家の妻らしい菜穂が、一体どうして夜鷹になどなったのだろうか。光二郎の頭の中は、疑問でいっぱいだった。

寅之助は泊まり込みが多いので、今の菜穂はすっかりお歯黒も落としてしまっている。そして眉を描き、武家の妻女らしからぬ化粧を施していた。

もしかしたら菜穂は、この光二郎のように激しい淫気に悶々としているのではないだろうか。

まして女は、最初は痛いが情交するうち、この上なく心地よくなると聞いている。

その快楽が芽生えた頃、急に寅之助の仕事が忙しくなり、放っておかれる日々が増えてきたのだ。

その鬱屈《うっくつ》が溜《た》まり、我知らず極端な行動に走ってしまったのかもしれない。

案外、光二郎が忍んできたら、すんなりとうまくいったのではないか。そんなことも思ってしまった。

間もなく、夢香が戻ってきた。

「粥を作っておりますので、菜穂様がお目覚めになったら差し上げてください」

「わかりました」

言われて、光二郎は頷《うなず》いた。彼は、すでに城中で軽く夕餉《ゆうげ》を済ませていた。

「奥様は、彷徨っている間のことを覚えているのでしょうか」

「忘れているかとは思いますが、あるいは、切れぎれに思い出すかもしれません。そのとき、早まったことをしないようご注意下さい」

「承知しました……」

光二郎は答えながら、なるほど、我に返った菜穂が自分のしたことを覚えていたら自害でもしかねないと思った。

「では、私は先生の許へ帰りますが、もしも菜穂様が求められたら、光二郎様が慰めてあげて下さいませ。玄庵先生も、適当な男がいれば情交してしまえば良くなると、そのように仰っていました」

「え……」

夢香の言葉に、光二郎はどきりと胸を高鳴らせた。

「そのようなことをしたら、さらに我に返った菜穂様が傷つくのでは……」

「そうした思いやりのある方なら、お慰めするのに相応《ふさわ》しいと思います。夜鷹として見ず知らずの男に身を任せるよりは、ずっと良いかと。ただし、菜穂様の欲で行なうのではなく、光二郎様が止むに止まれぬ思いで行ない、菜穂様はそれに慈悲をかけて施したという形がよろしいでしょう」

夢香は言いながら、寝ている菜穂の帯を解き、手際よく着物を脱がせていった。だいぶ菜穂も汗をかいているので、拭いてやれというのだろう。それに、いざというとき行動を起こしやすいように、準備を整えてくれているようだった。

光二郎も手伝い、たちまち菜穂は着物も足袋《たび》も取り去られ、肌襦袢《じゅばん》も左右に開かれた。今夜は暖かいので、冷える心配はなさそうだ。さらに夢香は、彼女の腰巻きまで脱がせてから、そっと掻巻《かいまき》を掛けた。

「では、あとはよろしくお願い致します。明朝また、玄庵先生と共に伺《うかが》いますので」

「はい。本日は、私までお助けいただき有難うございました」

光二郎が深々と辞儀をして言うと、夢香は部屋を出て行った。

二人きりになると、光二郎は小さく嘆息して肩の力を抜き、眠っている菜穂を見下ろした。

実に、僅《わず》かの間に色々なことがあった。

少々怖《こわ》い思いもしたが、それでも思いきって夜鷹を買おうとあそこまで行ったからこのような展開になったのである。

まさか、憧れの菜穂の家で一夜を過ごせるとは夢にも思わなかったことだ。

光二郎は、実家の離れに住んでおり、玄関を通らず中庭から出入りしていた。そしてたまには寅之助と共に昌平坂に泊まり込むこともあるので、帰宅しなくても一向に構わなかった。

この新川家は拝領屋敷で、座敷が四つに納戸、厠《かわや》と厨、裏に井戸端があり、小さな庭があるだけのものだった。他に住み込みの人はなく、かつて手習いに通っていた美代《みよ》という町娘が、たまに手伝いに来ているだけである。

光二郎は脇差を抜いて置き、袴も脱いで身軽になった。もちろん夢香に言われた行動のためであるが、この方が介護しやすいという自分への言い訳もあった。

とにかく夢香が帰ってしまい、菜穂と二人きりになると胸ばかり高鳴り、一向に菜穂に触れることは出来なかった。

やはり、この一年余り身近に接し、神聖化するほど憧れ続けていた美貌の人妻だ。むしろ、この寝顔を見て手すさびして、それだけで良いのではないか、という気もするのだった。

菜穂は、長い睫毛《まつげ》を伏せ、形良い唇を僅かに開いて熱い寝息を繰り返していた。

光二郎は手拭いを出し、汗ばんだ彼女の額や首筋をそっと拭った。触れても、彼女に反応はなかった。

この分なら、口吸いをしても目は覚まさないだろうと思い、彼は激しく胸を弾ませながら屈《かが》み込み、菜穂の艶《なまめ》かしい唇に顔を近づけていった。

熱く湿り気を含んだ、かぐわしい息が顔にかかった。それは白粉花《おしろいばな》のように甘い匂いがし、光二郎はそれだけで危うく射精しそうになってしまった。

日頃、手習いの手伝いで話すとき、ふと感じる吐息は淡く甘い香りだったが、今日は厚化粧のためか濃厚で、しかも鼻を寄せて好きなだけ胸いっぱいに吸い込めるというのが嬉しかった。

光二郎は感激と興奮に包まれながら菜穂の吐息を嗅《か》ぎ、とうとうそっと唇を重ね合わせてしまった。

三

「ク……、ンン……」

菜穂が小さく呻《うめ》いたが、目を開くことはなかった。

光二郎は柔らかな感触と匂いを味わい、そろそろと舌を伸ばしていった。そして乾いた口を舐《な》め、徐々に差し入れていくと、白く滑《なめ》らかな前歯に触れた。

舌先で左右にたどると、綺麗な歯並びの感触が伝わり、さらに彼は桃色の引き締まった歯茎まで舐め回した。

しかし菜穂の前歯はかっちりと閉ざされ、開かれることはなかった。

光二郎は心ゆくまで味わってから顔を上げ、彼女の搔巻をめくっていった。僅かの間にも、たっぷりと中に籠もっていた女の香が悩ましく揺らめいた。

そして襦袢を左右に開き、彼は手拭いで胸元に滲《にじ》む汗を拭いてやった。白い乳房は何とも豊かで形良く、乳首も乳輪も薄桃色だった。手拭い越しに感じる肌は実に柔らかく張りがあり、彼は胸と腋《わき》まで拭っていった。

腕を差し上げると、何とも色っぽい腋毛《わきげ》が震え、そこからも悩ましく甘ったるい体臭が立ち昇っていた。

さらに彼は肌に視線を這《は》わせ、形良い臍《へそ》と、滑らかに張りつめた下腹、股間の翳《かげ》りを見つめた。

太腿《ふともも》はむっちりとして、脚も実にすべすべだった。

光二郎は足の方に屈み込み、そっと菜穂の爪先《つまさき》に唇を押し当てた。指の股に鼻を割り込ませると、汗と脂《あぶら》に湿って蒸《む》れた芳香が感じられた。

憧れの菜穂の足の匂いだ。この足にも、今までどれほどしゃぶりつきたいと思ったことだろう。

光二郎は舌を這わせ、足裏から爪先まで舐め回しはじめた。指の股にぬるっと舌を入れると、微かに菜穂の脚がびくりと震えたが、寝息が乱れることはなかった。

彼は両足とも念入りに賞味し、全ての指を吸って桜色の爪を唾液に濡らした。

やがて、あまりの興奮に蒸し暑くなり、彼も帯を解いて着物を脱いでしまった。ここで菜穂が目を覚まし、普段の自分であったら、どうにも言い訳の仕様もないが、光二郎自身、我を失うほど感激に目が眩《くら》んでいたのだった。

彼は足首から脛《すね》を舐め上げ、菜穂の両脚を浮かせて左右に開かせ、その間に腹這いになっていった。

脚の内側を舐め上げ、とうとう滑らかな内腿に達した。

そして股間の中心部に迫って目を上げた。菜穂は寝息を立て、豊かな乳房が起伏していた。そして白く滑らかな下腹も息づき、彼の鼻先には神秘の陰戸《ほと》が艶《なまめ》かしく開かれていた。

ふっくらと丸みを帯びた股間の丘には、黒々とした茂みが密集し、割れ目からは桃色の花びらがはみ出していた。大股開きなので、その花弁も僅かに広がり、奥の柔肉が覗《のぞ》いていた。

彼女の寝息に気をつけながらそっと触れ、さらに陰唇を左右に開いてみた。

膣口の周りには、上下左右に四枚の花弁状の襞《ひだ》が息づき、その上にポツンとした小さな尿口も確認できた。上の方には僅かな包皮の出っ張りがあり、その下からは光沢あるオサネが顔を覗かせていた。

ほぼ、春画で見た陰戸と同じであるが、実際の方がずっと美しかった。

そして内部には、うっすらと蜜汁が滲《にじ》んで潤《うるお》っていた。

もう我慢できず、彼は菜穂の股間に顔を埋め込んでしまった。

柔らかな恥毛が鼻を覆い、隅々からは何とも悩ましい匂いが漂って鼻腔《びこう》を刺激してきた。それは甘ったるい汗と、ゆばりの成分が入り混じって蒸れ、実に艶かしく熟成された芳香だった。

光二郎は何度も深呼吸して、憧れの菜穂の女臭を嗅ぎ、舌を陰唇に這わせはじめていった。

奥まで差し入れると柔肉に触れ、ほんのりと汗に似た味が感じられた。

そのまま膣口の襞をくちゅくちゅと掻き回すように舐め、オサネまで舐め上げていくと、びくりと内腿が震え、蜜汁の量が増して舌の動きがぬらぬらと滑らかになってきた。

たちまち汗とゆばりの味が消え去り、次第に淡い酸味が感じられはじめた。これが淫水の味なのかも知れない。

オサネを舐めるたび、下腹のひくつきが激しくなり、いつしか菜穂の内腿がきっちりときつく彼の顔を締め付けていた。

「アア……」

熱く喘《あえ》ぎはじめた菜穂の口から、小さく喘ぎ声が洩《も》れてきた。

大丈夫だろうか、と彼は舌を引っ込め、股間で身を竦《すく》ませていた。

しかし菜穂は目を開くことなく、片方の手で彼の頭をグイグイと股間に押しつけはじめたではないか。

彼女は眠りながらも反応し、そして今の肉体を支配しているのは、まだ夜鷹に憧れる悶々の心根の方らしかった。

光二郎は再びオサネを舐め、量を増した蜜汁をすすった。

さらに脚を浮かせて尻の方まで潜《もぐ》り込み、谷間の可憐な蕾《つぼみ》に鼻を埋め込んだ。秘めやかな匂いが籠もり、実に心地よく鼻腔をくすぐってきた。これほどの颯爽とした美女でも、ちゃんと用を足すのだということが分かり、そんな当たり前のことすら大発見のように嬉しかった。

舌を這わせると細かな襞の感触があり、充分に舐めてから内部に潜り込ませるとぬるっとした甘苦いような滑らかな粘膜に触れた。

そして再び舌を割れ目に戻し、大量の蜜汁を舐め上げてオサネに吸い付いた。

「あぁッ……、舐《な》めて、もっと……」

菜穂が譫言《うわごと》で言い、再び彼の顔を手で押さえつけてきた。悩ましい匂いに包まれながら舌を動かし、目を上げると、彼女はもう片方の手で自らの乳房を荒々しく揉《も》みしだき、本格的に喘《あえ》ぎはじめていた。

「い、入れて……！」

菜穂が、声を上ずらせて口走った。そして挟み付けている内腿をゆるめた。

光二郎も待ちきれないほど高まり、暴発寸前だったので身を起こし、手早く襦袢と下帯を取り去って全裸になった。

再び股間に割り込み、すっかり濡れて色づいている陰戸に股間を進めていった。

急角度にそそり立っている一物を指で押さえつけ、先端を割れ目に押し当てた。そして、ぬめりを与えるようにこすりつけながら位置を探った。

張りつめた亀頭が膣口にあてがわれると、彼は息を詰めてゆっくりと押し込んでいった。

たちまち、ぬるりと滑らかに潜り込み、あとは吸い込まれるように根元まで呑み込まれていった。ぬるぬるっとした肉襞の摩擦が何とも心地よく、光二郎は奥歯を噛《か》みしめて絶頂を堪《こら》えた。

「ああーッ……！」

股間を密着させると、菜穂が顔をのけぞらせて熱く喘いだ。そしてキュッと一物を締め付けながら、抱き寄せるように彼に両手を伸ばしてきた。

光二郎は、抜け落ちないよう押しつけながら両脚を伸ばし、菜穂に身を重ねていった。肌が密着し、胸の下では柔らかな乳房が押し潰《つぶ》れて弾んだ。

膣内は熱く濡れ、その温もりと感触は最高で、少しでも気を緩めたら漏らしてしまいそうだった。

気を紛《まぎ》らそうと屈み込み、豊かな胸に顔を埋め込んで乳首を吸った。しかし菜穂が喘ぎ、膣内がキュッキュッと締まるので、さらに高まりが増してしまった。

左右の乳首を交互に含んで舌で転がすと、胸元からは何とも甘ったるい汗の匂いが漂った。

腋の下にも顔を埋め込むと、さらに濃厚な体臭が鼻腔を掻き回し、柔らかな腋毛が鼻に心地よかった。

「アア……、突いて……」

下からしがみつきながら、菜穂が待ちきれないようにずんずんと股間を突き上げてきた。小柄な光二郎の全身が上下に跳ね上がり、彼は必死に摑《つか》まり、下からの動きに合わせて腰を使いはじめた。

すると、何とも熱く濡れた肉襞の摩擦が肉棒を刺激し、彼はたちまち我慢できなくなってしまった。

「もっと強く、奥まで……、あぁッ……！」

菜穂は喘ぎながら律動を激しくさせてくるので、光二郎は息をつく暇《ひま》もなく、夢中になって腰を突き動かしてしまった。しかも下から菜穂が口を求めてきたので、さっきは果たせなかった舌がからまり合い、艶かしい息の匂いと唾液のぬめりを感じた途端、彼はあっという間に絶頂の渦に巻き込まれていった。

「く……！　奥様……」

光二郎は大きな快感に突き上げられて口走り、熱い大量の精汁を勢いよく柔肉の奥へとほとばしらせた。

「ああ……、気持ちいい……、もっと出して……」

菜穂も身を反らせ、膣内を締め付けながら彼の背に爪を立ててきた。

何という心地よさだろう。やはり自分の手で果てるのとは天地の差だった。こうして女体と一つになって、共に快楽を得ることこそ、男女で作り上げる最高の境地なのだと思った。

やがて最後の一滴まで出し尽くし、光二郎は満足げに動きを止めていった。

汗ばんで息づく菜穂の肌に身を預け、彼は美女の吐き出す甘い息を間近に嗅ぎながら、うっとりと快感の余韻に浸り込んだ。

しかし、彼女はまだ本格的に気を遣っておらず、物足りなげだった。

四

「もう出してしまったのかい……。まだ出来るだろう。もう一度立たせて……」

菜穂が、蓮《はす》っ葉《ぱ》な口調で言う。心の中で描き、いつしか姿形を持ちはじめた夜鷹の性格なのだろう。

やがて彼女は身を起こし、入れ代わりに光二郎を仰向けにさせた。

そして彼の胸に舌を這わせ、熱い息で肌をくすぐりながら、徐々に一物に顔を迫らせていった。

「ああ……」

身を投げ出したまま、光二郎は畏《おそ》れ多さと感激に声を震わせた。

初めて、一物が女の視線に晒《さら》されたのだ。しかも彼女は幹にそっと指を添え、熱い息を吐きかけてきたのである。

その刺激に、たちまち彼自身はムクムクと急激に回復していった。

菜穂は、精汁と淫水にまみれた亀頭に、そっと舌を這わせてきた。

「あう……、奥様……」

光二郎は、びりっと痺《しび》れるような快感に声を上げた。

おそらく、あの謹厳実直《きんげんじっちょく》な寅之助は、このような愛撫を妻に強要しないだろうし、菜穂もまた自分から淫《みだ》らな行ないをするはずがなかった。まして菜穂は春本など見ないだろうから、おそらくこれは女がみな潜在的に持っている願望による行動なのかも知れない。

菜穂はぬらぬらと鈴口を舐め、次第に張りつめていく亀頭にもしゃぶりついた。さらに幹を舌でたどり、緊張と興奮に縮こまっているふぐりも舐め回してきた。

「く……」

舌で二つの睾丸が転がされ、優しく吸われながら光二郎は呻いた。

菜穂は袋全体を温かな唾液にまみれさせてから、再び一物の裏側をツツーッと舐め上げ、今度はスッポリと喉《のど》の奥まで呑み込んだ。

「アアッ……」

光二郎は激しい快感に喘ぎ、夢のような心地に身悶えた。

菜穂は深々と含み、上気した頰《ほお》をすぼめて、お行儀悪くちゅぱちゅぱと音を立てて吸った。唇は幹を丸く締め付け、内部では滑らかに舌が蠢《うごめ》き、肉棒全体は美女の温かく清らかな唾液にどっぷりと浸り込んだ。

まさか自分の人生で、菜穂に一物をしゃぶってもらう日が来るなど、夢でもない限り有り得ないことだった。

光二郎自身は、菜穂の口の中で完全に元の大きさになり、またすぐにも暴発しそうなほど高まってきた。もちろん菜穂の口を汚してはならないと奥歯を嚙みしめ、漏らさないよう必死に堪えていた。

しかし菜穂は、彼が果ててしまう前にすぽんと口を離し、そのまま身を起こして自分から一物に跨《また》がってきた。

幹に指を添えて先端を膣口にあてがい、彼女は息を詰めてゆっくりと腰を沈み込ませてきた。

「ああ……、いい……」

ぬるぬるっと根元まで受け入れ、完全に座り込みながら菜穂が目を閉じて喘いだ。

再び艶かしい摩擦快感を得ながら股間が密着すると、光二郎はさっき以上の密着感に包まれた。

やはり初体験でぎこちない本手《ほんて》（正常位）より、年上の美女に身を任せた茶臼《ちゃうす》（女上位）の方が一体感が強く感じられるのだろう。

もちろん菜穂も、茶臼の体位など初めてに違いない。

光二郎は、股間に重みと温もりを感じながら、膣内でひくひくと幹を脈打たせた。

「アア……、動いている……」

菜穂がうっとりと言い、何度かぐりぐりと股間をこすりつけるように動かした。

そして身を重ね、彼の肩に腕を回して肌を密着させてきた。

光二郎も両手でしがみつき、全身に菜穂の肉体を受け止めた。両脚を僅かに立てると、股間のみならず内腿や尻の感触まで伝わってきた。

彼女が腰を突き動かしはじめると、肌全体がこすられるようだった。

光二郎も下から股間を突き上げ、最高の摩擦快感を得た。幸い、すぐに漏らすような心配はなく、むしろ一度射精したからさっきより落ち着いて美女との一体感を味わうことが出来た。

「あうう……、気持ちいい……、いきそう……」

菜穂が熱く甘い息で口走り、何度となく彼の口や鼻に舌を這わせてきた。

今度こそ、本格的に気を遣ろうとしているのだろう。だから光二郎も彼女が昇り詰めるまで耐えようと思い、快感を味わいながらも適度に気を引き締めた。

大量に溢《あふ》れる蜜汁が彼のふぐりから内腿までぬめらせ、ぴちゃくちゃと淫らな音を響かせた。

そして光二郎が深々と突き上げると、

「い、いく……、ああーッ……！」

菜穂が声を上げ、がくんがくんと狂おしい痙攣《けいれん》を開始した。同時に膣内がキュッキュッと収縮し、一物を奥へ奥へと呑み込んでいくようだった。

何と、女の絶頂とは凄《すさ》まじいものなのだろう。もちろん菜穂は、寅之助との情交では声など漏らさないだろうが、今は溜まりに溜まった思いを一気に解放しているようだった。

彼女の勢いに巻き込まれ、光二郎も二度目の絶頂に達してしまった。立て続けにもかかわらず、夢中だったさっきより大きな快感を自覚することが出来た。

ありったけの熱い精汁を噴出させ、光二郎は最後の一滴まで心おきなく出し尽くした。そして徐々に動きを弱めて力を抜いていくと、

「ああ……」

菜穂も声を洩らし、満足げに全身の硬直を解きながら、ぐったりと彼に体重を預けてきた。

まだ深々と潜り込んだままの肉棒をひくひくと脈打たせると、応えるように膣内がきゅっときつく締め上げられた。

「良かった……、すごく……」

菜穂がうっとりと言い、光二郎も彼女の重みと温もり、甘い吐息を感じながら快感の余韻に浸り込んでいった。

しばし汗ばんだ肌を重ねながら、互いに荒い呼吸を繰り返した。柔らかな乳房の奥からは、どくどくと菜穂の鼓動が伝わってきた。

やがて、ゆっくりと菜穂が顔を上げ、近々と彼の顔を見つめてきた。

「お前は、誰……」

「わ、私は、間壁光二郎……」

「光二郎……、どこかで聞いたような……。私は……」

「奥様は、新川菜穂様です」

「菜穂……」

自分の名を呼ばれて、菜穂は再び我に返りはじめたようだった。

「こ、光二郎どの……！　これは一体、どういうことです……！」

菜穂の口調が一変した。どうやら完全に自分を取り戻し、今の状況を把握したようだった。

「何ということを……！」

菜穂は声を震わせ、慌てて身を起こそうとしたが、あまりに大きな絶頂のあとで力が入らないようだった。しかも光二郎も、下からしっかりと両手で抱きついていた。

「お離し！」

菜穂は言い、いきなり彼の頰《ほお》を叩《たた》いてきた。

「い、いえ……、離しません……」

光二郎は甘美な痛みの中、必死にしがみついた。

「このような仕儀となって、生きているわけには……」

「ですから、離すわけにいかないのです。奥様が自害なされたら、私もあとを追わねばなりません……」

光二郎は懸命に言った。もちろんその言葉に嘘はない。いかに最下級の御家人で気弱な男でも、武士としての始末の付け方ぐらいは心得ている。まして、思いを遂げたのだから悔いはなかった。

しかし、やはり菜穂を死なせるわけにはいかなかった。大恩ある寅之助への済まなさよりも、もう一人の自分のしたことだから菜穂が責任を取る必要はないのだ。

「むろん、光二郎どのも責を負うべきでしょう。眠っている私を犯すなど……」

そこで菜穂は、再び状況を確認した。

「なぜ、私が上に……。まさか、私が勝手に……？　いったい私は何を……」

「順々にお話ししますので、どうか早まったことだけはお控え下さいませ。これは夢香様にもきつく言われていることですので」

夢香の名を聞き、菜穂はびくりと動きを止めた。

「わ、わかりました。何があったのか、事情を聞かせて下さいませ……」

菜穂が言い、みるみる高ぶりも鎮まっていったので、光二郎は両手を離した。まだ絶頂の余韻があり、菜穂も脱力感に包まれているようだった。

すると彼女はゆっくりと股間を引き離し、傍らにある自分の着物から懐紙を探ろうとした。

先に光二郎が起き上がって自分の懐紙を出し、陰戸を拭いてやろうとすると、

「見ないで！」

菜穂は言って彼の手から紙をひったくると、背を向けて襦袢を羽織り直した。

光二郎も手早く一物を拭い、襦袢と着物を羽織った。二度の射精による満足と、我に返った菜穂への緊張に、もう勃起してくるようなことはなかった。

陰戸を拭いた菜穂は手早く腰巻きを着けて着物を羽織り、ようやく身繕《みづくろ》いをして端座した。そして髪を整えながら、光二郎に向き直ってきた。

五

「さあ、お話し下さいませ。何があったのです」

菜穂は硬い表情で訊《き》いてきた。

しかし、まだ薄化粧も残っているし、全身の隅々には快楽の記憶もあるのだろう。やはりどこか、普段の菜穂とは違う雰囲気だった。

「奥様は、今日のことを、どこまで覚えていらっしゃいますか」

光二郎が言うと、菜穂もきつい視線を外し、記憶をたどりはじめた。

「夕刻、今夜も旦那様はお帰りではないから戸締まりをしようと思いましたが、そのあたりから、あまりよく覚えておりません。七つ（午後四時頃）の鐘が鳴ったまでは覚えているのですが……」

「そうですか……。そのあと、おそらく奥様はお化粧をして」

「お化粧を？」

言われて、菜穂は自分の頬に触れ、白粉のついた指先を見た。さらに懐紙で口を拭い、べったりとついた口紅を確認した。

「なぜ、このような……。それから私はどうしたのです……」

菜穂が、不安げに言った。光二郎を詰問する色は消え失せ、縋り付くように心細げな眼差しである。

自分自身の行動を覚えていないのだから、その不安は察して余りあった。だが、ここは正直に言わねばならないだろう。

「私はお城を下がり、夕刻には四谷の鮫ヶ橋を通りかかりました」

「なぜ、そのように寂しい場所へ？」

「実は、どうにも淫気が抑えきれず、夜鷹でも買えないものかと思って彷徨ったのです」

「まあ！　光二郎どのは、前からそのようなことを」

菜穂は眉をひそめ、軽蔑《けいべつ》の眼差しを向けて言った。光二郎は、どのように思われても構わなかった。何しろこれから、さらに衝撃を与えてしまうのである。

「いいえ、初めてのことです。そして一人の夜鷹がいたので近づいていくと、それが何と、奥様だったのです」

「え……？　何と言いました……」

一度では理解できなかったように菜穂は小首をかしげ、聞き返してきた。

「奥様が、手拭いをかぶって口にくわえ、丸めた茣蓙を持って立っていたのです。しかも、近づく私をお誘いになりました」

「う、嘘です。そのようなこと……！」

菜穂が声を上げた。再び感情が爆発しそうになっているようだ。

「嘘ではありません。夢香様もおられました」

「夢香さんが……」

またその名を聞いて、菜穂の勢いが失せていき、光二郎は続けた。

「もちろん、その場では何もしておりません。何しろ、茣蓙を奪われたという他の夜鷹や、あの界隈を縄張りにしている地回りが現われたからです。そこへ、奥様の様子が心配であとを尾けていた夢香様が助けに来てくれ、二人で一緒に奥様をお送りしたのです」

「………」

菜穂は、頭の中を整理するように押し黙った。

破落戸たちから二人を助けたという夢香の活躍は、彼女も素直に信じたようだ。菜穂もまた、夢香が素破の出であり、多くの技を身に付けていることを知っているのだろう。

「夢香様はお帰りになりましたが、私は奥様の看護をしておりました。しかし、どうにも淫気が高まり、申し訳ないと思いつつお身体に触れてしまいました。すると奥様が目を覚まされ、夜鷹の口調のままで、私に情交を求めてこられたのです」

光二郎は、だいぶ自分に都合のよい説明をしたが、すぐに夢香との約束を思い出して付け加えた。

「しかし、全ては私の淫気が強かったので、奥様は哀れに思い、お慈悲で応じて下されたのだと思います」

「左様ですか……。事情は分かりました……」

菜穂が静かに答え、すっかり意気消沈したようにうなだれた。日が暮れると無意識に行動してしまうということや、溜まりに溜まった自分の欲求など、思い当たることもあるのだろう。

「朝にも、玄庵先生がいらっしゃるということです。ですから、辛抱して養生すれば奥様の中にいるもう一人もやがて消え去るでしょう。どうか早まったことだけはなさいませぬように」

「しかし、私とそなたが交わってしまったことは、揺るぎのない事実です……」

菜穂が、声を絞り出すように言った。

「そ、それは、私たちだけの秘密に致しましょう。全ては、淫気に乗じた私の責任ですので」

光二郎は言い、思い出して座敷を出ていった。そして厨に行って、夢香が作ってくれた粥の入った土鍋を持って戻ってきた。竈《かまど》の火は消えていたが、それはまだ少し温かかった。

「夢香様が作ってくれました。これを食べて、今夜はおやすみ下さいませ。私は隣におりますが、もう決して何もいたしませんので」

言うと、さすがに疲労を感じたか、菜穂は少しだけ粥を食べた。だが食欲もあまりないようで、大半は残してしまった。

「承知しました。では大人しく寝ることにいたしましょう……」

菜穂は言って立ち上がり、厠《かわや》へ行った。

そして用を足し終えると裏の井戸端に行き、顔を洗って化粧を落とし、着物をめくり、濡らした手拭いで股間を洗った。

その間、光二郎は菜穂の残した粥を腹に収め、洗い物をした。もちろん菜穂が妙な真似をしないよう気を配っていた。

やがて菜穂は部屋に戻り、黙々と寝巻きに着替えた。光二郎は隣室に座り、夜を徹して彼女を見張るつもりだった。一応は淫気も満たされただろうが、未知の病ゆえ今後もどうなるか分からず心配だったのだ。

「光二郎どの、やはり不安です。こちらの部屋へ……」

菜穂に呼ばれ、光二郎はまた彼女の部屋に入った。

「はい」

「私が、知らぬ間に起き出さぬよう、ここに居てくださいませ」

「承知しました。ではここに控えておりますので、どうか心おきなくおやすみくださいませ」

光二郎が部屋の隅に端座すると、菜穂はあえて行燈の灯は消さず、素直に横たわって掻巻を掛けた。しかし、今まで昏睡《こんすい》していただけあり、今は目が冴《さ》えてしまっているようだった。

「光二郎どのは、眠っている私に触れたと言いましたが、何をしたのです」

「は……、お怒りにならずに聞いてくださいませ。淫気は激しく高まっておりましたが何しろ無垢《むく》ゆえに、陰戸《ほと》がどのようなものか見たくて堪らず、それで奥様の股を開いて見てしまいました」

「そ、それで……」

菜穂は息を詰め、播巻の中で身を強ばらせて先を促《うなが》した。それだけでも、相当な羞《しゅう》恥《ち》と衝撃であっただろう。

「初めて見る陰戸はあまりに美しく、また良い香りがしたものですから、つい顔を埋め、舐めてしまいました」

「まあ……！」

菜穂は横になったまま息を呑み、しばし絶句した。心は違う人格でも、肉体は同じなのだから、その時の感触が肌に甦《よみがえ》ったのかも知れない。

「ぶ、武士が女の股に顔を埋めて舐めるなど、信じられません……」

菜穂が、声を絞り出すようにして言った。

「しかし、春本にはごく普通のこととして描かれておりますし、町方でも情が高じれば当たり前に行なっていると思います」

「情とは何です。光二郎どのは、当家の家内である私に懸想《けそう》していたとでも言うのですか。今まで、そのような思いで手伝いを……」

「はい。申し訳ありません。私は奥様のことを、この世で最も美しい方と思い、密かにお慕い申しておりました。今では、淫気に発したこととはいえ、鮫ヶ橋でお目にかかれた僥倖《ぎょうこう》を何より嬉しく思っております」

光二郎は、平伏しながら一気にまくし立てた。

「そ、それで、舐めたら、私はどうなったのです……」

菜穂は、我が身のことへと話題を転じた。

「はい。オサネを舐めると、ことのほかお濡れ遊ばし、たいそう心地よさげに息を弾ませておりましたが、そのうち目を覚まされて私を」

「お黙り。もう結構」

菜穂は言い、そのまま寝返りを打って彼に背を向けてしまった。

光二郎は黙り、壁にもたれて力を抜いた。今夜は、もう夜鷹の人格は現われないだろうし、菜穂本人も、多少なりとも快楽の行為に興味はあるだろうが、まず求めては来ないだろう。

それに光二郎も二回の射精をしたのだから、それだけでも、もう充分すぎる程感激しているのだから、今夜はこれで満足すべきだった。

さんざん昏睡していたから、もう眠れないと思っていたが、さすがに心労がたたっていたのだろう。間もなく菜穂は眠りに就いたようだった。

光二郎も彼女の寝息を気にしつつ、壁にもたれたまま何度かウトウトしたが、菜穂の寝息の乱れや僅かな寝返りにも目を覚まし、結局夜が明けるまでそうして彼女を見守っていた。

そして菜穂が目を覚ますと、光二郎も彼女が自害などせず、ともに朝を迎えたことを喜んだのだった。

第二章　荒療治に快楽は果てず

一

「ああ、顔色も良いようだな。夢香から報告を受けたが、もう昨夜のようなことはなかろうよ。あれが気鬱の頂点のようなもので、まあ厄《やく》落としと思えばいい」

結城玄庵が、菜穂の様子を見ながら言った。

実際、菜穂は起きて朝餉を作ってくれ、光二郎と共にしっかり食事をしたのだ。言葉少ななのは、色々な思いがあるので仕方はないが、それでも自害の素振りも見せないので光二郎は安心していた。自害などというのは一種の勢いだから、間が空けば気持ちも落ち着くのだろう。そうした意味で、案外女の方がずっと精神的に強いのかも知れない。

しかしどことなく、気まずいようなぎこちなさと、そこはかとない羞らいが何とも魅惑的だった。

玄庵は、四十代前半。縫腋《ほうえき》に身を包んで束髪《そくはつ》にした、いかにも医師然といった感じだが、気むずかしげではなく、むしろ気さくな印象だった。

夢香も、薬箱を持って一緒に来ていた。昼間見ると、淑《しと》やかで凜とした菜穂とは違い、実に野性味溢れる健康的な美女だった。なるほど、隙《すき》がなく多くの術を持っているような感じではあるが、それは型にはまった武士の手練《てだ》れとは違う、自由闊達《かったつ》な雰囲気があった。

「あの、お薬は……」

玄庵が帰り支度をするので、光二郎は訊いてみた。

「ああ、旦那が不在の時は、あんたがついていてやれば良い。それが何よりの薬だ。それより、水を汲《く》んできてくれ。手を洗う」

玄庵に言われ、光二郎が立って裏の井戸端へ行くと、夢香がついてきた。

「先生が仰るには、昨夜のようなこと、あれを今日も行なえば、段々に良くなるとのことです」

夢香が、顔を寄せて囁《ささや》いてきた。これを伝えるため、光二郎を井戸端へ寄越したようだ。

「昨夜のようなこと……？」

光二郎は、夢香の甘酸っぱい息の匂いを感じ、胸を高鳴らせながら聞き返した。

「まさか、夢香様はずっと……」

「はい。申し訳ありませんが、やはり心配でしたので、帰ったふりをして一部始終を見ておりました」

夢香に言われ、光二郎は顔から火が出た。やはり素破というのは、一切の物音も気配も消せるのだ。そして、どこからかずっと光二郎の行動を見ていて、全て玄庵に報告してしまったのだろう。

「し、しかし……、数を重ねれば、菜穂様の気鬱や罪の意識が増すのでは……」

「逆です。快楽に正直になれば、気鬱も晴れましょう。それに、初回で死ななかったものは、何度しようとも大丈夫、むしろ何度しても不義という意味では同じことと、かえって居直るようです」

「そ、そうなのでしょうか。あの奥様が……」

「光二郎様が思っているより、菜穂様はずっとお強い方です。それは、夜鷹になってでも情交したいという心根が何よりの証し」

「しょ、承知いたしました……」

光二郎は、期待と不安に胸を弾ませて答えた。

いま寅之助は、学問所の教本の編纂《へんさん》に携《たずさ》わり、もう一日二日は帰ってこないことになっている。

やがて光二郎は手桶に水を汲み、夢香と共に座敷へ戻った。

そして玄庵は手を洗い、夢香と共に帰っていった。もちろん菜穂は臥《ふ》せりもせず、普通に起きて手習いの子たちを迎える準備にかかった。

「さっき、光二郎どのと夢香さんが井戸端へ行ったとき、玄庵先生がこっそり仰いました」

菜穂が、子供たちの習字の紙を用意しながら言った。

「はあ、なんと？」

「私の病に効く薬も、ないわけではない。強いて言えば若い男の精汁だと。それを上から下から吸い込めば良くなると、冗談ではなく、真面目な顔で仰いました……」

「そ、そうですか……」

「さらに先生は、あの光二郎という若者の精汁はどうだ。あれは淫気が強そうだから効く、と、そのように……。ね、光二郎どの、私を助けると思って、今宵もここで過ごしてもらえませんか」

菜穂が縋《すが》るように言い、光二郎も股間を疼《うず》かせてしまった。

彼女は、玄庵の言葉を信じてしまったようだ。いや、信じたいのかも知れない。淫気の解消と同時に、やはり心の中にいる夜鷹の自分が出現するのを何より恐れているのだろう。

「は、はい……。私も奥様が心配ですので、そのようにさせて下さい。でも一度、家へ戻りそのように言ってきます」

光二郎は言い、やがて手習いの子供たちが来る前に、手伝いの美代がやってきた。

十七歳になる美代は、平河町《ひらかわ》で呉服問屋を営む大店《おおだな》の娘だ。

彼女は数年前までここの手習いに通い、優秀なので菜穂が気に入り、今も手伝いに来させているのだった。笑窪《えくぼ》の愛くるしい活発な町娘で、光二郎も手すさびの妄想では、菜穂の次に使用している美少女である。

光二郎は、あとを美代に任せ、いったん新川家を出て、同じ番町の中にある実家へと帰った。美代もいるし、間もなく多くの子供たちが来るから、まず菜穂のことは心配ないだろう。

光二郎は実家に帰り、一夜帰らなかったことと、今夜も外泊になることを両親に言った。しかし両親は、彼が昨夜戻らなかったことに全く気づいていなかったようで拍子抜けするほどだった。

家は、新川家よりも一回り小さい。光二郎が寝起きする離れは増設したものだ。小普請方にいた父親は、すでに長男に跡目を譲って隠居し、庭の花々の栽培に余念がなかった。もちろん趣味ではなく内職の一環である。母親も、長男の嫁探しが何よりの急務のようだった。

やがて報告を終えると光二郎は自室に入って下帯と肌着を替え、また両親に挨拶《あいさつ》して家を出た。

そして湯屋に行って身体を洗い清め、再び新川家へと戻っていった。

まだ十人ほどの町家の子供たちが習字をしていた。ここでの菜穂は、実に怖い。正面に鎮座して睨《にら》みを利かせ、時には物差しで子供の尻を叩くこともある。そんな子供たちの間を美代が回って、丁寧に字を教えている。

だから子供たちは美代が好きだった。そして決して怒ることのない、優しい光二郎も懐《なつ》かれていた。

「武士が、甘く見られては困りますよ」

菜穂に、そう言われたことがあったが、やはり性分で、叱《しか》るより懇切《こんせつ》丁寧に教え諭《さと》す方が彼の性に合っているのだった。

お昼前に今日の手習いが終了し、子供たちは後片付けをして帰っていった。

美代は、菜穂と共に昼餉の仕度をし、三人で質素な食事を済ませた。そして美代は少し掃除をしてから帰っていった。一人娘なので、店の手伝いもしなければならないのだ。彼女の家でも、良い婿《むこ》探しに躍起になっているようだ。

午後、光二郎と菜穂は二人きりになった。訪ねてくる人もいないし、今は特に買物に行く用事もない。

「光二郎どの、朝の話の続きですが……」

菜穂が、何やら手習いを終えて美代が帰るのを心待ちにしていたように言った。もじもじと言いづらそうだが、目は輝いている。光二郎も期待と興奮に、激しく胸が高鳴ってきた。

「はい、玄庵先生に言われたとおり、私は何でも致しますので」

「そう……」

菜穂は言い、さすがに緊張に頬を強ばらせながら床を敷き延べはじめた。光二郎も縁側の障子を閉めた。もちろん、それでも午後の陽射しが入って明るい。

布団を敷いたものの、菜穂はその脇に座ったまま、どうして良いか分からないようだ。まだ昼日中だし、やはりためらいの方が大きいのだろう。

光二郎は、促すように脇差を置いて端座した。

「さあ、どのようにでも仰ってくださいませ」

「ならば、脱いでください。全部。そしてここへ横に」

菜穂も意を決したようだった。

「承知いたしました」

光二郎は答え、袴の前紐《ひも》を解きながら再び立ち上がり、ためらいなく脱ぎはじめていった。菜穂がためらいがちなので、自分は迷いなく行動を起こさなければならないと思った。

たちまち袴と足袋《たび》、着物も襦袢も取り去って、彼は菜穂の匂いの染みついた布団に仰向けになった。そして最後の一枚である下帯も外し、激しく屹立《きつりつ》している肉棒を露わにした。

「こ、このようになっているのですね……、初めて見ました……」

菜穂も覚悟を決めて光二郎ににじり寄り、顔をそらせることなく熱い視線を注いできた。

確かに、生娘《きむすめ》で寅之助の妻になり、夜毎の情交も暗がりの中でのみ行なわれたのだろう。ただ挿入されるだけで、見たことも触れたこともなかったようだった。

「玄庵先生は、上から下から精汁を吸い込めということでしたが、それは、飲めと言うのでしょうか……」

「え、ええ……、そのように思います……」

光二郎は、激しい興奮に幹を震わせながら答えた。

「どのようにすれば出るのですか。ただくわえて吸うだけですか……」

菜穂が言う。もちろん、それだけでも漏らしてしまうだろうが、それではあまりに呆気《あっけ》なくて勿体《もったい》なかった。

「淫気が最高に高まるまで、時間がかかります。どうか、奥様もお脱ぎになって下さいませ……」

横になったまま言うと、菜穂も悲壮な決意に小さく頷《うなず》き、立ち上がって帯を解きはじめた。

二

「さあ、どうすればよろしいですか……」

襦袢と腰巻き姿になり、菜穂が光二郎の傍らに座って言った。

まだ彼女は白い歯のままである。近々、寅之助が帰宅する前にでもお歯黒を塗ろうと思っているのだろう。

光二郎は、彼女のお歯黒も好きなのだが、ぬらりとした白い光沢ある歯並びも美しかった。

「ゆうべ、したようなことをしていただきたいのですが……」

「何も、覚えておりません。一つ一つ、言って下さいませ」

「ならば、どうか口吸いを……」

光二郎は興奮に息を弾ませて言った。自分がするのではなく、要求したことを菜穂がしてくれるというのは、何とも贅沢《ぜいたく》な快感だった。

菜穂も、覚悟を決めて屈み込んできた。

緊張に強ばった顔を寄せ、そっと唇を重ねた。光二郎は感激に胸を震わせ、美女の柔らかな唇の感触を味わった。やはり夜鷹の人格ではなく、菜穂本来の時に触れるのは格別だった。

菜穂はじっと唇を触れ合わせたまま、熱く湿り気ある息を弾ませていた。それにはほんのりと白粉《おしろい》に似た甘い匂いが含まれていた。これは昨夜も感じたが、今日の菜穂は化粧していないので、これが彼女本来の匂いなのだろう。

光二郎は下から彼女にしがみつき、ぬるりと舌を差し入れていった。

「う……」

菜穂は驚いて身じろぎ、小さく呻いた。

彼が滑らかな歯並びを舐めると、ようやく彼女も歯を開き、おずおずと舌を触れ合わせてきた。これぐらいは寅之助と体験しているだろうが、やはり夫以外の男と舌を舐め合うことをためらったようだ。

光二郎が舌を差し入れ、執拗《しつよう》にからめはじめると、やがて菜穂もぬらぬらと蠢《うごめ》かせてくれた。その柔らかく滑らかな感触に、彼はうっとりと酔いしれた。

「どうか、もっと唾《つば》を飲ませてください……」

口を触れ合わせながら囁くと、

「駄目です。そのような汚いこと……」

菜穂も熱く甘い息で答えた。

「奥様のお口にあるものは汚くありません。それに飲めば淫気が増して、精汁の出が早まりますので」

光二郎が自分に都合よく言うと、菜穂も半信半疑ながら従ってくれた。

「こうですか……」

小さく言って形良い口をすぼめ、唇に白っぽく小泡の多い唾液を溜めた。しかし粘ついて滴《したた》るところを見られたくないのか、すぐに唇を重ね口移しに注いでくれた。

光二郎は生温かくねっとりとした粘液を受け止めて味わった。しかし少量なので、呑み込むほどではない。

「もっと沢山……」

せがむと、菜穂はさらに多くの唾液を垂らしてくれた。

彼は激しく勃起し、すぐにも射精しそうなほど高まってしまった。

口を離し、菜穂は顔を上げた。

「今度は、どうか、お乳を舐めてくださいませ……」

「男でも、感じるのですか……」

光二郎の言葉に菜穂が言い、すぐにも顔を寄せて吸い付いてくれた。

ちろちろと舌が乳首に這うと、何とも震えるような快感が全身に広がっていった。

「アア……、どうか、噛んでくださいませ……」

身悶えながら言うと、菜穂はそっと歯を立ててくれた。上品な美女が熱い息で肌をくすぐり、唾液に濡れた乳首を噛んでくれたのだ。それだけで、危うく射精しそうになってしまった。

目上の菜穂にいちいち要求するのも気が引けるが、ここはやはり、彼女自身の欲望で行なうより、あくまで淫気に悶々としている光二郎に慈悲で施しを与えるためという名目が優先されるから遠慮は要らなかった。

「もっと強く……」

「痛くないのですか……」

せがむと、菜穂は言いながらも、やや力を込めてくれ、甘美な痛みが光二郎を喘がせた。

彼女はもう片方も念入りに愛撫してくれ、やがて顔を上げて一物を見下ろした。

「そろそろ、出そうですか……。お口ですればよろしいのですね……」

「は、はい……」

「昨夜も、私は致しましたか」

「はい。していただきました……」

光二郎は期待と緊張に、激しく身悶えながら答えた。そして菜穂も、彼以上の緊張に息を弾ませていた。

「どのようにすれば……」

「まずは、お好きなようにしてくださいませ……」

言うと、菜穂は恐る恐る彼の股間に顔を寄せ、そっと幹に指で触れてきた。

「何と、硬く大きく……。これが入るのですね……」

菜穂は熱い視線を注ぎ、生温かな息で股間をくすぐりながら言った。

そしてふぐりにも触れ、二つの睾丸を確かめるように優しくいじった。

「これは、お手玉のように可愛い……」

菜穂は囁き、とうとう清らかな口を肉棒の先端に触れさせてきた。

赤い舌を伸ばし、ちろちろと鈴口から滲む粘液を舐めはじめると、

「ああッ……！」

あまりの快感に光二郎は喘ぎ、くねくねと腰をよじった。

菜穂は張りつめた亀頭全体を舐め回し、幹を舐め下り、ふぐりにもしゃぶりついてきた。

昨夜と似たような愛撫だが、彼女の人格が違う。そして彼の感覚も違っていた。昨夜は初めてなのであまりに夢中だったが、今は二度目のためさらに感覚を心ゆくまで嚙みしめることが出来た。

色事とは、一度すれば気が済むというものではない。昨夜は感激に、もう死んでも良いと思ったが、すればするほど、さらに多くの快感を得ようとしてしまうものなのだろう。

菜穂は袋を舐め尽くすと、一物を舐め上げて亀頭を含んできた。

一度しゃぶってしまうと、もう抵抗もないように舌の蠢きが活発になってきた。

光二郎は、温かく濡れた菜穂の口腔に包まれ、熱い鼻息に恥毛をくすぐられながら身悶えた。たちまち肉棒全体は温かく清らかな美女の唾液にまみれ、絶頂を迫らせて震えていた。

菜穂も、愛撫というより精汁を吸い出すため、頬をすぼめて強く吸ってきた。

「ああ……、どうか、このように……」

光二郎は小刻みに股間を突き上げながら言った。

すると菜穂も心得たように、顔全体を上下させ、濡れた口ですぽすぽと濃厚な摩擦を開始してくれたのだ。それはまるで、かぐわしい菜穂の口に全身が含まれ、唾液にまみれて舌で転がされているような快感だった。

もう限界である。光二郎はがくがくと身を震わせ、溶けてしまいそうな絶頂の快感に全身を包み込まれていった。

美女の口に出すことに一抹のためらいはあったが、無断で出すのではない。何しろ彼女が飲むために吸い出してくれたのだ。

「あうう……、出ます、奥様……、アアッ……!」

快感に貫かれて口走りながら、光二郎は熱い大量の精汁を、どくんどくんと脈打たせるように勢いよくほとばしらせ、菜穂の喉の奥を直撃した。

「ク……、ウウ……」

喉を直撃されながら、菜穂は小さく呻き眉をひそめた。しかし口は離さず、むしろ吸引を強めながら喉に流し込んでくれた。

「ああッ……！」

飲まれている感激に光二郎は喘ぎ、彼女の喉がごくりと鳴るたびに口の中が締まって駄目押しの快感が得られた。しかも菜穂が強く吸い続けているため、どくどくとほとばしる調子が無視され、何やらふぐりから直接吸い出されているような感覚が彼を悶えさせた。

何やら魂まで吸い出される心地で、たちまち彼は最後の一滴まで絞り尽くされてしまった。

菜穂もくわえたまま全て飲み干し、もう出なくなってからも吸い続け、舌先でしきりに先端を探っていた。その刺激に、射精直後で過敏になっている亀頭がひくひくと反応し、光二郎は身をよじって降参した。

「お、奥様、もうご勘弁を……」

息を弾ませて言うと、ようやく菜穂も吸引を止めて、すぽんと軽やかに口を離してくれた。そして幹を、細くしなやかな指でしごき、余りの雫《しずく》が鈴口から滲むと、それもぬらりと舐め取った。

「あう……」

光二郎は呻き、ようやく力を抜いてぐったりと身を投げ出した。

「味はあまりありませんね。でも少し生臭く、喉の奥で粘つくようです……」

菜穂は感想を述べたが、それほど嫌ではなさそうだった。それより濡れた唇がぬめぬめとして何とも艶かしく、それを彼は余韻の中でぼんやりと見上げていた。

やがて菜穂は、大仕事を終えたように添い寝して肌を密着させてきた。

三

「何やら、光二郎どのの子種が、私の中の悪い虫と戦っているようです……」

菜穂が、小柄な彼に腕枕してくれ、熱く甘い息で囁いた。

光二郎の鼻先には、はだけた襦袢から白く豊かな乳房がはみ出して息づき、腋から も実に甘ったるい汗の匂いが馥郁《ふくいく》と漂っていた。その悩ましい体臭と滑らかな肌に包まれ、たちまち彼は余韻から覚めて、むくむくと急激に回復していった。

「さあ、今度は下から私の中に……」

菜穂が熱っぽい眼差しで言った。

どうやら、いざ行動を起こしてしまうとためらいも吹き飛び、夢香が言ったように何の心配も要らなくなったようだった。

「はい……。でも、出したばかりなので、少し間を置きませんと……」

「分かりました。それはどれぐらい待てば」

「いくらもかかりません。今度は私が、奥様をお舐めしている間に大丈夫になりますので」

「私を、舐める……？」

菜穂は、びくりと身を強ばらせた。やはり自分が行なうのではなく、受け身となると急に羞恥と緊張が襲ってきたようだ。

「はい。昨夜したようなことを全て」

「覚えておりません。でも、何をされたか知るためにも、同じことをしてくださいませ……」

菜穂が言うと、光二郎はまず目の前にある色づいた乳首に吸い付いていった。

柔らかな膨らみに顔を埋め込んで、こりこりと硬くなった乳首を舌で転がすと、

「アァッ……！」

菜穂が熱く喘いで、ぎゅっと彼の顔を胸に抱きすくめてきた。

甘ったるい肌の匂いと、湿り気ある息の匂いが混じり合ってかぐわしく彼の鼻腔をくすぐってきた。

彼女は最初から激しく喘ぎ、うねうねと悩ましげに身悶えた。

次第に光二郎はのしかかるように上になってゆき、完全に襦袢を左右に開いた。そしてもう片方の乳首も吸い、充分に舌で愛撫してから、腋の下にも顔を埋め込んでいった。

色っぽい腋毛に柔らかく鼻をくすぐられながら、彼は濃厚に甘い汗の匂いで胸を満たし、腋の窪みを舐め回した。

「ああ……、くすぐったい……」

菜穂は喘ぎながらも、しっかりと彼の顔を抱きすくめて離さなかった。

やがて脇腹を舐め下り、光二郎は腰巻きの紐を解いて取り去っていった。菜穂も僅かに腰を浮かせて彼の作業を手伝い、やがて全裸にさせると光二郎は形良い臍《へそ》を舐めた。張りつめた腹に顔を埋めると、心地よい弾力が伝わってきた。

そして腰骨から太腿へ舌を這わせ、にょっきりとした健康的な脚を舐め下りていった。脛も体毛が薄く、滑らかな舌触りだ。

足首までゆくと、彼は屈み込んで足裏に顔を埋め、指の股の匂いを嗅ぎながら舌を這わせていった。

「あぁッ……！　何をするのです……。足を舐めるなど、汚いところを……！」

菜穂が咎《とが》めるように言ったが、肉体の方はすっかり力が脱けているようだ。

「昨夜も、心地よさげにされておりました。それに奥様の身体に、汚いところなどございませんので」

光二郎は言い、指の股に籠もった汗と脂の湿り気を嗅《か》いだ。昨夜より、さらに匂いも濃くなって艶かしかった。

足裏を舐め尽くすと、さらに爪先にしゃぶりつき、全ての指の間にぬるりと舌を割り込ませていった。うっすらとしょっぱい味と匂いが消え去るまで貪《むさぼ》ると、彼はもう片方の足も心ゆくまで味わった。

「アア……、汚いのに、なぜ……」

菜穂はいつしか朦朧となり、譫言《うわごと》のように口走りながら間断なく熟れ肌を波打たせていた。

両足とも賞味すると、彼は菜穂の身体をうつ伏せにさせた。彼女も素直に寝返りを打ち、白い背中と豊かな尻を向けた。

光二郎は彼女の踵《かかと》から脹《ふく》ら脛《はぎ》、汗に湿ったひかがみから尻の丸みを舌でたどっていった。

「あうう……、光二郎どの……」

菜穂は顔を伏せたまま、初めての刺激に呻きながら言った。

彼は腰から背中を舐め上げた。うっすらと汗の味がし、肩までゆくと、うなじを舐めて髪の匂いを嗅ぎ、脇腹に寄り道しながら再び背中を舐め下りていった。

そして今度は白く豊かな尻の中心に顔を押し当て、その柔らかな弾力と張りを味わった。両の親指でむっちりと双丘を広げると、谷間の奥では可憐な薄桃色の肛門がひっそりと閉じられていた。

鼻を埋め込むと、昨夜も感じられた微香が秘めやかに籠もっていた。

光二郎は何度も深呼吸して美女の恥ずかしい匂いを嗅ぎ、舌先でくすぐるように細かな襞を探った。

「く……、そ、そこは……」

菜穂がきゅっと双丘を引き締めながら呻いた。

それを執拗に開きながら舌を這わせ、充分に濡らしてからヌルリと中に潜り込ませた。滑らかな粘膜を舐め、彼は舌先を出し入れするように蠢かせた。

「あうう……、駄目……」

菜穂は尻をくねらせながら声を洩らし、まるで舌を味わうように蕾を収縮させた。

顔中に密着する尻の丸みが何とも心地よく、光二郎は心ゆくまで舐め続けた。ようやく彼が舌を引き抜くと、菜穂は尻を庇《かば》うように寝返りを打ってきた。

彼は脚をくぐり抜け、完全に仰向けに戻った菜穂の股間に顔を寄せた。

「アア……、見ないで……」

菜穂は内腿の間に顔を割り込まされ、腰をよじって声を震わせた。

しかし彼は両膝を全開にし、昼の陽射しの中で憧れの美女の陰戸を観察した。

やはり、昨夜の行燈の灯よりも、さらに生々しく神秘の部分が息づいていた。すでに大量の蜜汁がねっとりと花弁を潤わせ、開いた陰唇の奥に覗く膣口が艶かしい収縮を繰り返していた。

白く滑らかな内腿に挟まれた空間には、悩ましい芳香を含んだ熱気と湿り気が渦巻くように籠もり、彼は吸い寄せられるように顔を埋め込んでいった。

柔らかな茂みの丘に鼻を押しつけると、隅々に籠もった濃厚な女の体臭が馥郁と鼻腟を刺激してきた。

「あぁッ……！　駄目、そのようなこと……」

菜穂がビクッと下腹を波打たせ、声を上ずらせて喘いだ。

光二郎は鼻をこすりつけ、その匂いと、両頬を締め付ける内腿の感触に酔いしれながら舌を這わせていった。

陰唇の表面から、徐々に内側を味わって柔肉を舐めると、ぬるっとした淡い酸味のぬめりが舌を濡らしてきた。内部を掻き回すように舐めると、たちまち舌の動きが滑らかになった。

「アア……、き、気持ちいい……」

オサネを舐め上げると、思わず菜穂が口走った。ためらいや羞恥よりも、素直に快感が前面に出てきたのだろう。

光二郎は上唇で包皮を押し上げるように剝《む》き、完全に露出したオサネを弾くように舌先で刺激し、時には口を押しつけてちゅっと吸った。

「あう！　も、もっと……」

菜穂は彼の顔をきつく内腿で締め付け、自ら乳房を揉みしだき、片方の手で光二郎の顔をグイグイと押さえつけてきた。一瞬、夜鷹の人格が出たのかと思ったが、菜穂のままで、夢中で行動しているようだった。

光二郎は甘ったるい汗の匂いや刺激的なゆばりの匂いに包まれながら、執拗にオサネを舐め、指まで押し込んで膣内の天井をこすった。

「ああ……、な、何やら身体が宙に……、アアーッ……！」

たちまち菜穂が声を絞り出し、がくんがくんと狂おしい痙攣を開始した。腰が跳ね上がり、張りつめた下腹はひくひくと忙《せわ》しげに波打った。

同時に膣内の収縮も高まって、何と射精するようにピュッと淫水を噴出までさせたのだ。

「く……、も、もう堪忍……」

菜穂は呼吸までままならなくなったように呻き、それ以上の刺激から逃れるように下半身をくねらせた。

どうやら本格的に、激しく昇り詰めてしまったようだ。

光二郎は指を引き抜き、顔を上げて彼女の股間から身を離した。そして再び甘えるように腕枕してもらい、激しい絶頂に身を震わせている菜穂の胸に顔を埋め込んでいった。

菜穂は、しばらく硬直したまま身を震わせ、彼を胸に抱きすくめながら荒い呼吸を繰り返していたが、徐々に力が脱けてぐんにゃりとなっていった。

「なんと……、極楽に昇るような心地でした……」

菜穂が、忙しげな呼吸とともに呟《つぶや》いた。昨夜も気を遣っているが、それはもう一人の自分であり、彼女は今初めて自分の身と心で、本当の悦びを知ったようだった。

「でも……、情交による気持ちとは異なるようです……」

「はあ、やはり一つになった方が悦びは大きいと聞きます……」

光二郎が答えると、菜穂は愛しげに彼の頬に触れ、熱くかぐわしい息を吐きかけながら目の奥を覗き込んできた。

「それで、昨夜私は光二郎どのの上に……？」

「はい。どうか同じように。もう回復しておりますので、今度は陰戸から精汁を」

光二郎が仰向けになって言うと、菜穂も身を起こして跨ってきた。

四

「ああ……、将来のある子に跨るなど、何とはしたない……」

菜穂は再び熱く息を弾ませながら、肉棒に跨って言った。

光二郎は下から一物の先端を割れ目に押し当て、彼女も股間を動かして位置を定めてきた。

そして菜穂は息を詰め、ぬるぬるっと受け入れながら腰を沈み込ませた。

「アアーッ……！」

彼女は顔をのけぞらせて喘ぎ、完全に一物を根元まで陰戸で呑み込みながら股間を密着し、力尽きたようにぺたりと座り込んだ。

光二郎も滑らかな肉襞の摩擦に奥歯を噛みしめ、股間に彼女の重みを受け止めながら温もりに包まれた。一度出したばかりなのに、気をゆるめると暴発してしまいそうなほど、美女の膣内は心地よく、また一つになった感激が湧《わ》き上がった。

菜穂は何度か股間をこすりつけるように動かしていたが、やがて身を重ねてきた。

彼も抱き留め、少しずつ股間を突き上げはじめた。

「ああッ……、奥まで響いて、何て、いい……」

菜穂が声を震わせて言いながら、次第に本格的に腰を突き動かしはじめた。湿った音とともに、大量の蜜汁が溢れて彼のふぐりや内腿を濡らした。

やはり舌と指で気を遣るのは浅い感じで、こうして交接してこそ深い快楽が得られるようだった。

光二郎も抱きつきながら股間を突き上げ、次第に勢いをつけていった。

薄目で見上げると、何とも悩ましい表情で喘ぐ菜穂の顔がすぐ近くにあり、彼女は自分から唇を重ねてきた。

光二郎も舌を差し入れ、とろとろと注がれてくる生温かな美女の唾液と甘い吐息に酔いしれながら、激しく高まっていった。

「い、いく……！」

すると、先に菜穂が口を離して喘ぎ、彼の顔に濡れた口を押しつけながらひくひくと痙攣した。膣内の収縮に合わせ、光二郎も激しく突き上げ、その摩擦快感の中で昇り詰めていった。

「アア……！　奥様……」

光二郎は口走り、ありったけの熱い精汁を噴出させながら大きな快感に身悶えた。

菜穂も心ゆくまで快感を味わうように肌を震わせ、一物を締め付けながら腰を動かし続けた。

やがて彼は最後まで出し切り、徐々に動きを弱めていった。すると菜穂も強ばりを解いて、ぐったりと彼に体重を預けてきた。

「ああ……、良かった……。でも、恐ろしい……」

太い吐息混じりに菜穂が呟き、彼の頬に顔を押し当ててきた。光二郎は、美女の悩ましい吐息で鼻腔を満たし、うっとりと余韻に浸った。

菜穂もじっくりと余韻を味わいながら何度か締め付けていたが、やがて気が済んだようにゆっくりと股間を引き離し、彼に添い寝してきた。

そして彼女は何度かびくりと肌を震わせていたが、よほど心地よかったのか、そのまま軽やかな寝息を立てはじめた。

光二郎は添い寝しながら起こさぬようじっとし、菜穂の美しい寝顔を見ながら甘い寝息を感じていた。

やがて菜穂が寝返りを打ったので、彼はそっと身を起こし、懐紙で彼女の陰戸を優しく拭ってやり、自分は部屋を出て裏の井戸端で一物と手を洗った。

そして座敷へと戻ると、菜穂も目を覚まして身繕いをしていた。

「もっとお休みになっていて構いませんのに」

「いいえ、湯屋へ行って参ります。留守番をお願いします」

菜穂が言い、髪を整えた。

「わかりました。どうかお気をつけて」

光二郎も着流しになって言い、やがて家を出ていく菜穂を見送った。まあ、まだ昼間だから菜穂も急に人格が変わることもないだろう。

そして彼は縁側に座り、陽射しを浴びながらのんびりしようと思った。実家から本も持って来なかったので、読むものと言えば手習いの教本ぐらいしかない。

それにしても、目まぐるしい展開だった。

夜鷹を買おうと決心するほどの淫気に苦しみ、それが何より憧れの菜穂と懇《ねんご》ろになってしまい、昨夜も今日も、何度となく精汁を放っているのである。

人の運命とは、これほどまでに予想もつかぬ急展開があるのだと思った。

そして今夜も、菜穂は激しく求めてくるだろうし、自分もそれに応じるだろう。

だが当分は快楽を求め、淫気に任せて精汁を放っても、菜穂の方はいつ通常に戻るのだろうか。

寅之助が留守がちなのを良いことに、そう昼も夜も行ない続けたら、いかに若くて淫気満々の自分でも身が持たなくなるのではないだろうか。それに菜穂は、いったん夫を裏切り、居直ったように数を重ねてくるが、寅之助に大恩ある光二郎の罪悪感は増幅するばかりで、しかも寅之助に露見するのではないかという恐れもあった。

もっとも、その罪悪感が、また快楽を大きくしてしまうのだが。

そんなことを思っていると、庭先に夢香が現われた。

「これは、夢香様……」

光二郎は縁に座り直して辞儀をした。

「どうか、夢香とお呼びくださいませ」

彼女は、れっきとした武家に頭を下げられて決まり悪そうに言った。

「菜穂様のことはご心配なく。気をつけるべきは夕刻以降ですので」

「はあ」

「逢魔《おうま》が時は、人を惑《まど》わせます。さらに夜には魔の力があり、一人きりだと我を失うものです。今宵も、朝までついていてあげてくださいませ」

「ええ、そのつもりでおります」

光二郎が答えると、夢香は縁側から上がり込み、まだ布団が敷かれたままの座敷に入った。

「どうぞ、中へ」

夢香は言って彼も中に入れ、再び障子を閉めた。

「さっき、口と陰戸に一回ずつ精を放ちましたが、あれを今宵も」

「ま、また見ていたのですか……」

「申し訳ありません。玄庵先生の言いつけですので」

光二郎は赤面し、野趣溢れる夢香の美貌を眩しく見た。

「そこで、淫気を増やす術を施したいのですが、構いませんか」

夢香が言うと、光二郎は目を丸くした。

「そ、そのような術があるのですか。でしたら助かるのですが……」

「では、脱いで横におなりください」

彼女は言い置き、座敷を出ていった。そして手桶に水を汲んで戻ってきた。

その間に、光二郎は着物を脱ぎ、再び全裸になって布団に横たわっていた。

「どのようなことをするのでしょう……」

光二郎は、期待と不安に胸を震わせて言った。しかも美しい素破の前で全裸になると、淫気を増やすまでもなく、一物はむくむくと反応してきてしまった。

「淫気を増すツボが、尻の奥にございますので、そこを刺激します。どうか、このように」

夢香が言って、彼を横向きにして身体を丸めさせた。

彼は右を下にして、尻を突き出す格好となった。すると彼女が後ろから指で谷間を広げ、ぬるっとしたものが肛門に触れてきた。

「あう……、ま、まさか、夢香様……」

「どうか、力を抜いてそのまま」

夢香が言い、熱い息が尻を撫でた。そして再び、ヌルリとしたものが肛門に這い回った。それは、この美しき素破の舌である。

息が尻の谷間をくすぐり、温かな唾液に濡れた舌先が満遍なく肛門の襞を舐め回した。さらに充分に濡れると、とがらせた舌先がぬるっと内部に侵入してきた。

「あう……」

光二郎は呻き、それでも妖しい快感を味わいたくて力を抜いた。締め付けると、美女の舌を肛門で感じることが出来、それは内部でも玄妙な蠢きをし、内壁のツボを探っていた。

しかも夢香は、単に舌を差し入れているのではない。どうやら舌を筒状に丸め、とろとろと唾液を内部に注ぎ込んでいるようだった。中ではぬめりが増し、じんわりとした温かさが広がっていった。

さらに彼女は長い舌を出し入れさせるように動かし、彼は美女に犯されているような甘美な快感に浸り込んだ。

やがて舌が引き抜かれると、光二郎は何やら寂しい気持ちにさえなった。汚い部分だから気は引けるが、もっと長く舌を入れていてほしい気持ちだった。

しかし夢香は、すぐに今度は、唾液に濡れた指を押し込んできた。

「く……！」

舌ほどの滑らかさはないが、それでも舌以上に内部で指が妖しく蠢いた。

「どうか力を抜いて。ここは、どのような心地ですか」

指を使いながら、夢香が囁いてきた。ちょうど指の腹で、ふぐりの付け根を裏側から探られているようだった。

「な、何やら、ゆばりをしたいような気持ちです……」

光二郎は自身の感覚を探りながら答え、夢香はさらに指を動かした。

五

「では、これは？」

夢香が、中で指を回転させるように動かし、今度はぬらぬらと出し入れさせはじめた。しかも内壁を刺激し、深く浅く緩急をつけていた。

「あうう……、か、厠へ行きたくなりました……、漏れそうです……」

「大丈夫。出やしません。出る場所だから、指が入ってそのように感じるだけなのですよ。さあ、もっとお楽に」

　夢香は静かに囁きながら、再び尻へと屈み込んできたようだ。

　そして肛門に指を入れて動かしながら、彼女は後ろから彼のふぐりにしゃぶりついてきた。精汁の製造を促すように、二つの睾丸を丁寧に舌で転がし、袋全体をたっぷりと唾液にまみれさせてくれた。

「アア……！」

　光二郎は肛門への痛みや異物感と同時に、妖しい快感を得て喘いだ。股間に感じる刺激以上に、美しい夢香が舐めてくれているというだけでも興奮した。

　そして痛みと不安に委縮していた一物も、次第にむくむくと鎌首を持ち上げて容積を増していった。

「元気になってきましたね。でも、出してはいけませんよ。出すのは、菜穂様にだけです」

　夢香は言いながら、徐々に彼の身体を仰向けにさせていった。尻に指が入っているので、自然に脚が浮き、彼は両手でそれを抱えた。

　すると夢香は内部で指を蠢かせながら、とうとう屹立した一物にしゃぶりついてきたのだ。

「ああッ……！」

光二郎は快感に喘ぎ、腰をくねらせた。夢香はためらいなく喉の奥まで呑み込み、幹を丸く口で締め付けながら、内部では舌をからませてきた。たちまち肉棒は温かな唾液にどっぷりと浸り、美女の愛撫に激しく高まっていった。

しかし肛門への違和感があるから、暴発することはなかった。

夢香は張りつめた亀頭を舐め回し、舌先で鈴口をくすぐってから、ようやく顔を上げた。そしてゆっくりと、肛門からぬるりと指を引き抜いた。

「う……」

指が抜けると、便痛に似た感覚も嘘のように消え失せ、彼はまた心に穴が空いたような寂しさを覚えた。

「さあ、これで股の方はよろしいでしょう。ずっと強くなったはずですよ」

夢香が、手桶の水で指を洗いながら言った。

「光二郎様は、どうも女のあらゆる匂いに、淫気を高める癖《へき》を持っていらっしゃるようですが」

「は、はあ……、以前から、情交したいと思うより、嗅ぎたいという思いが強くあったようで……」

光二郎は羞恥を覚えながら答えた。どうやら、何もかも覗いていた夢香は、彼の性癖などお見通しのようだった。

「私の匂いも嗅ぎたいですか」

「ええ、もちろん……。構いませんか……？」

光二郎は横になったまま、勢い込むように言った。

「ええ、今宵の淫気のためですので。本当は、素破というのは常に全ての匂いを消すものなのですが、今はごく普通の娘と同じです。では、どこを？」

夢香に言われ、彼はこうした言葉のやり取りだけでも漏らしそうになるほど興奮を高めた。

「では、足から……。その、無理でなければ、顔を踏んでいただけませんか……」

「お武家を踏むのは気が引けますが、たってと申されるのなら構いません」

夢香は言い、手早く足袋を脱いでくれた。

やはり武士より格下の素破とはいえ、こと淫気に関する性癖となると、相当な知識があり、彼のこうした要求も理解できるのだろう。また、武家を畏れ多いと思う以上に、どんな行動でもためらいなく行なえるという精神力も強いようだった。

彼女は仰向けの光二郎の顔の横に立ち、そっと片方の足を浮かせて顔に載せてきてくれた。

彼は柔らかく、生温かな足裏を顔に受け止め、うっとりと力を抜いた。

まさか自分の人生で、菜穂が抱ける日が来るとは思わなかったが、こうして二十歳《はたち》の美女に踏んでもらうことなど夢にも思っていなかったのだ。

夢香は、ことさら指の股を彼の鼻に押しつけてくれた。こうしたところは、さすがに羞恥心などより、彼の願望を叶《かな》える方を優先させてくれているのだろう。

羞じらう相手を舐めるのも良いが、こうして性癖を理解してくれているのも、実に楽だった。

夢香の足指の股は汗と脂に湿り、生ぬるく蒸れた匂いが馥郁と籠もっていた。それは、日頃家の中にいる菜穂と違い、玄庵の供で年中動き回っているから匂いも濃くて艶かしかった。

舌を這わせても、夢香は冷静に彼を遥か高みから見下ろしているだけだった。

彼は匂いを嗅ぎながら、足裏から指の股を舐め尽くした。すると夢香は足を交代させてくれた。さすがに素破は、壁に手を突くこともなく、片方の足を浮かせてもよろけなかった。

光二郎は左右の足裏と指の股の、味と匂いが消え去るまで堪能した。

「次は、陰戸も構いませんか……」

「はい」

駄目で元々といった感じで訊くと、夢香はすんなりと応じてくれた。そして着物と腰巻きの裾をめくりあげ、むっちりとした健康的な脚を付け根まで露出した。

「跨いでも構わないのですか」

「ええ、どうか……」

言われて、彼が興奮を抑えて答えると、夢香はためらいなく彼の顔に跨り、厠に入ったようにゆっくりとしゃがみ込んできてくれた。

股間の中心が、遥か上から急速に鼻先に迫ってきた。完全にしゃがみ込むと、太腿も脹ら脛もむっちりと張りつめて量感を増し、肉づきが良く丸みを帯びた割れ目が触れんばかりに近づいた。

黒々とした恥毛は楚々《そそ》とし、割れ目からはみ出す桃色の花びらが可憐だった。

しかも陰唇が開かれて、奥で息づく膣口や尿口、光沢あるオサネまで丸見えになっていた。

光二郎が顔を浮かせて茂みに鼻を埋めると、すぐに彼女の方から股間を落とし、彼が楽な姿勢で嗅げるよう密着させてきてくれた。

柔らかな恥毛が鼻を覆い、甘ったるく濃厚な汗の匂いが鼻腔に染み渡ってきた。

もちろんゆばりの成分も適度な刺激を混じらせ、やはり菜穂よりも濃くて悩ましい匂いが感じられた。

「ああ……」

光二郎はうっとりと声を洩らし、何度も深呼吸して夢香の体臭を吸収した。そして舌を伸ばし、花弁の内側を舐め回しはじめた。

柔らかな舌触りが伝わり、うっすらとしたゆばりの味が、次第にヌラヌラした淡い酸味に変化していった。やはり素破でも濡れるのだろう。いや、自在に濡らせられるのかも知れない。

光二郎も溢れる蜜汁をすすりながら、執拗にオサネを舐め上げた。

自分が仰向けだと割れ目に唾液が溜まらず、純粋に淫水が溢れてくる様子が伝わるようだった。

「ああ……」

夢香が小さく喘ぎ、張りのある内腿を震わせた。

彼は尻の真下に潜り込み、双丘の感触を顔中に受けながら谷間に鼻を押しつけた。

彼女も嫌がらず、素直に彼の鼻に蕾を押し当ててくれた。

秘めやかな匂いが鼻腔を刺激し、光二郎はうっとりと酔いしれた。

夢香が、光二郎にとって菜穂に次いで二人目に知る女の匂いだ。基本的に、陰戸の匂いも蜜汁の味も肛門の匂いも、それほど大きくは変わらないことが分かった。

彼は充分に美女の匂いを嗅いで舌を這わせ、肛門の中にも舌先を押し込んで粘膜を味わった。

夢香はきゅっきゅっと蕾を引き締め、彼の鼻に新たな蜜汁を垂らした。

「ね、ねえ……、夢香様、入れたい……」

光二郎が舌を引き抜いて言うと、夢香も股間を引き離した。

「なりません。精汁は、全て菜穂様に差し上げてくださいませ」

夢香が、きっぱりと答えた。ここまで前も後ろも舐め、自分も舐めてもらい、挿入できないのは生殺《なま》しのようだった。しかし、光二郎は従うほかなかった。

「じゃ、せめて口吸いを……」

言うと夢香は添い寝してくれ、上からぴったりと唇を重ねてくれた。しかも舌をからめながら、とろとろと大量の唾液を注いでくれたのだ。

光二郎はうっとりと喉を潤し、甘酸っぱい息の匂いに酔いしれた。

それは、ふとした拍子に美代に感じる果実臭に似ていた。しかし町の果実と違い、夢香の匂いはもっと野性的な、野山になる果実の匂いだった。

「では、せめて匂いの甦る術をかけておきましょうね……」

夢香は添い寝しながら囁き、彼の鼻の穴を念入りに舐めてくれた。光二郎は生温かな唾液のヌラつきと甘酸っぱい匂いに包まれ、射精できないもどかしさに悶えた。

「さあ、では私は菜穂様を迎えに行って参りますからね」

夢香は言い、朦朧《もうろう》としている彼をそのままに、身繕《づくろ》いして部屋を出て行ってしまった。

第三章　生娘の好奇心は燃えて

一
「ああーッ……！　き、気持ちいいッ、光二郎どの……！」

深々と挿入すると、菜穂が激しく身を反らせて口走った。

光二郎の長い愛撫により、すっかり陰戸は色づいて蜜汁は大洪水となっていた。

すでに夕餉も終え、日も暮れていた。湯屋へ行ったから、残念ながら菜穂の陰戸や腋からは、彼女本来の体臭はさして漂ってこなかったが、回を重ねているので彼女の反応はさらに激しくなっていた。

今回は茶臼（女上位）ではなく、光二郎が上になった本手（正常位）である。長く陰戸を舐めたもので、菜穂は力が脱け、とても起き上がる気になれなかったのだった。

根元まで押し込むと、光二郎は身を重ね、熟れた柔肌に密着しながら温もりと感触を噛《か》みしめた。

菜穂は下から両手できつくしがみつき、待ちきれないようにずんずんと股間を突き上げてきた。それに合わせ、光二郎も腰を突き動かし、何とも心地よい肉襞の摩擦を味わった。

「アア……、もっと突いて、いきそう……」

菜穂は、もう喘ぎを堪える様子もなく乱れに乱れ、熱く甘い息を弾ませて彼の口を求めてきた。光二郎も舌をからめながら股間をぶつけるように律動し続け、激しく高まっていった。

何しろ昼間、夢香にあれだけ強烈なことをされたのに射精していないのだ。その欲求は溜まりに溜まっていた。

たちまち彼は昇り詰め、美人妻の柔肉の奥へ激しく射精していた。

「あぁッ……！　熱い、もっと……、アアーッ……！」

内部に噴出を受けた途端、菜穂も声を上ずらせて痙攣し、そのまま激しく気を遣った。一物の脈打ちに合わせるように膣内が収縮し、粗相したかと思えるほど大量の淫水を漏らしながら彼女は身悶えた。

やがて最後の一滴まで出し尽くすと、光二郎は動きを止めて身を預け、菜穂の甘い吐息を感じながら余韻に浸った。

彼女も硬直を解き、満足げに荒い息を弾ませながら身を投げ出した。

いつまでも乗っていられないので、適当なところで光二郎は股間を引き離し、菜穂に添い寝して豊かな胸に顔を埋めていった。

「良かった、すごく……。光二郎のおかげで、だんだん気鬱が治ってゆくようです。夜になっても、自分を失いそうなことがなくなってきました……」

菜穂が熱い息で囁いた。

光二郎が甘えるように乳首に吸い付くと、菜穂もそっと手を伸ばして一物に触れてきた。

淫水と精汁にまみれた肉棒が、しなやかな指の愛撫に、すぐにもむくむくと回復していった。この早い回復も、夢香が施してくれた淫術のおかげかも知れない。

やがて菜穂が身を起こし、彼の股間に顔を寄せていった。

まだ物足りないというよりは、玄庵に言われたことを信じ、陰戸に受けた後は口に精汁を受けたいようだった。

仰向けのまま身を投げ出していると、菜穂は彼の肌を舐め下り、熱い息を股間に籠もらせながら一物にしゃぶりついてきた。

菜穂が先端を舐め、互いの混じり合った体液をすすった。そして幹を舐め下りてふぐりをしゃぶり、完全に大股開きになった彼の股間に陣取ってきた。

亀頭を舐め回し、喉の奥までスッポリと呑み込み、激しく舌をからめてすぽすぽと摩擦しながら吸引しはじめた。

「ああ……、気持ちいい……」

光二郎はうっとりと言い、美人妻の口の中で唾液にまみれながら、最大限に肉棒を膨張させた。彼女も熱い鼻息で恥毛をそよがせ、執拗に舐め回しながら濃厚な愛撫を繰り返した。

光二郎は高まったし、飲んでもらうのも嬉しいのだが、どうにも物足りない気がした。やはり昇り詰めるときは、菜穂の美しい顔が間近にあって、熱く甘い吐息を感じたいのだった。

すると、その時である。彼の鼻腔の奥に、ふんわりと甘酸っぱい夢香の息の匂いが甦ってきた。どうやら、これも夢香の施した術のようだった。

夢香の唾液の細かな泡が鼻腔にいくつか残り、それが今になって弾け、中に籠もった果実臭の息が広がってきたのである。

「あぁッ……、いく……！」

たちまち光二郎は昇り詰め、鼻腔には夢香の匂いを感じ、一物は菜穂の口の中で脈打った。

「ンン……」

彼の身に何が起きているかも知らず、菜穂は夢中になって鼻を鳴らし、喉の奥を直撃する精汁を受け止めた。彼もありったけの熱い精汁を勢いよくほとばしらせ、快感に身悶えながら最後の一滴まで出し尽くした。

菜穂は上気した頰をすぼめて吸い付き、喉を鳴らしながら全て飲み干してくれた。

「ああ……」

光二郎は吸い付かれて嚥下《えんか》されるたび、快感が増して喘ぎ、あとは過敏に反応しながら腰をよじった。

ようやく、もう出ないと知ると菜穂も口を離し、まだ濡れている鈴口をちろちろと丁寧に舐めてくれた。光二郎はすっかり満足し、身を投げ出しながら菜穂の愛撫を受け、このまま眠ってしまいたくなるほどの安らぎを得た。

菜穂も満足し、添い寝して搔巻を掛けてきた。

「明日には、旦那様がお帰りになります……」

彼女が言う。不義の後悔よりも、明晩は光二郎と過ごせないことを残念がるような口調だった。

明日は菜穂も、あらためて眉を剃りお歯黒を塗るのだろう。

「立ち入ったことですが、新川様と奥様はちゃんと情交を……?」

光二郎は、気になっていたことを訊いてみた。

「それは、最初のうちはありました。跡継ぎも欲しておりますし、淫気も溜まっておりましたのでしょう。しかし今は諦めたように、すっかり……」

「そうですか……」

光二郎は答えたが、それでも一緒に過ごしていれば、もう特に心配もないだろうと思った。

やがて菜穂は寝息を立てはじめ、光二郎も肌をくっつけ、温もりに包まれながら眠りに就いたのだった……。

——翌朝、二人は起きて朝餉を済ませ、菜穂はお歯黒を塗った。

やがて美代が来て、いつものように手習いの子たちを迎える準備をした。

「では、私は今日は昌平坂へ行って参りますので」

仕度だけ調えると光二郎は言い、子供たちが来る前に新川家を出た。そして湯島《ゆしま》へ出て、昌平坂学問所へと行った。

「おお、来たか」

教本の編纂をしていた寅之助が声をかけてきた。他の部屋では、旗本や御家人の若者たちが勉学に励んでいた。

「ご無沙汰しておりました」

「ああ、菜穂の手習いの方も手伝ってくれて助かる」

寅之助は、何の疑いもなく笑顔で言った。

こうして、あらためて寅之助に面と向かうと、光二郎は済まなさに胸が痛んだ。半面、大恩ある寅之助ではあるが、彼がしっかり菜穂を可愛がっていないから気鬱になるのだ、とも思った。

「今日はお帰りになるのですね」

「ああ、これを済ませたら帰る。一緒に昼飯でも食おう」

言われて、光二郎はばらばらになっている教本の紙を折り、順々に重ねて綴《と》じていった。

三十歳の寅之助は剣術にも秀で、多くの若者に慕《した》われていた。まさか、その美しい妻が淫気に我を失っているなど、誰も夢にも思わないだろう。そう、文武に優れ最も菜穂の身近にいる寅之助が、一番分かっていないのだった。

「ああ、ずっと早く終わって助かった。では出ようか」

やがて二人で作業を終えると寅之助が言い、二人で学問所を出た。そして途中の蕎《そ》麦《ば》屋で昼餉《ひるげ》を済ませ、番町へと戻った。口に出る話題は、学問のことばかりで、やはり寅之助は家庭のことはあまり顧みないようだった。

このまま寅之助と一緒に、また新川家へ行って菜穂に会って良いものだろうか、と光二郎は少し迷った。

すると、そこへ手習いを終えた美代が、こちらへ歩いてくるところだった。

「まあ、お帰りなさいませ」

美代が気づき、深々と辞儀をした。

「おお、今日の手習いは済んだか。御苦労だった」

「はい。片付けも終えたところで、奥様がお待ちです」

美代が愛くるしい笑顔で言った。

「そうか。では帰るとしよう。光二郎、お前は美代を送ってやれ」

「はい。承知しました」

寅之助に言われ、光二郎もほっとして答えた。やはり二人揃《そろ》って菜穂と顔を合わせるのは決まりが悪かったのだ。

「では行こうか」

光二郎は、寅之助を見送ってから美代に言い、一緒に歩きはじめた。左右は長い塀の武家屋敷が続いていて他に通る人もいないが、美代は少し後から歩いてきた。

二

「あの……、光二郎様……」

後ろから、美代が言った。

「なんだ？　うん？　何か心配事か？」

振り返ると、美代が何となく浮かない顔つきをしているので、光二郎は心配になって訊いた。

「奥様は、どこがお悪いのですか。たまに玄庵先生がいらしていたようですが」

「ああ、少々気鬱にかかっていたようだが、もう心配はない」

光二郎が笑顔で言ったが、美代はもっと心配になったようだった。

「き、気鬱だなんて、信じられません。毎日あんなに元気に子供たちに教えていらっしゃるのに」

「まあ、手習いの時は気を張っているのだろう。だが、もう心配するほどのことはないのだ」

光二郎が言っても、まだ美代は不安げな表情を解かなかった。

「そういえば、今日は私に妙なことをお聞きになりました……」

「妙なこととは？」

立ち止まって聞き返すと、美代はほんのり頬を赤らめてもじもじした。

「どうした、言いにくいことか？　奥様の病に関わることかもしれんので、正直に言ってほしいのだが」

「はい……。お美代は、もう男を知っているのですか、と……」

美代は、やっとの思いで言い、耳朶《じだ》まで赤く染めた。

「ははあ……、それで、お前は何と答えたのだ？」

「まだです、と。すると奥様は、早く知った方が良い、と。その方が、婿《むこ》を取るときの見る目が養えるから、と……。でも、奥様がそのようなことをお聞きになるので、私は驚いてしまいました」

「なるほど……」

光二郎は頷き、いかにも貞淑で武家の妻の鑑《かがみ》のような菜穂が、そうしたことを言うことに少なからず驚いた。むろんそれは、光二郎と情交してから、そうした考えになったのだろう。

「それは、どういう意味なのでしょうか……。まさか、他の男を知らず、お嫁に来たことを悔やんでいらっしゃるのでしょうか……」

「そんなことはない。単に、所帯を持ってしまえば後戻り出来ぬから、悔いのないよう己に正直になれ、という程度の意味合いであろうかと思う」

「そうですか……」

美代は、俯《うつむ》きながらのろのろと歩いた。

「まだ何か言われたのか」

「はい……。早くに男を知るなら、所帯を持てない相手の方が存分に出来て良いと。例えば、武家の男とか……」

「ふうん、それから？」

「と、とても申し上げられません……」

美代が声を震わせて小さく答えた。困惑や不安よりも、激しい羞恥と興奮に包まれているようだった。春風に乗って、ふんわりと美少女の匂いが甘く、心なしか濃く感じられてきた。

「いや、言ってくれ。奥様が心配だからな」

光二郎が執拗に言うと、ようやく美代が口を開いた。

「光二郎どのはどうか、と……。若くて淫気が旺盛だけれど、優しげだし、お前も嫌いではないでしょう、と、そのように……」

美代の言葉に、光二郎も股間を疼《うず》かせてしまった。もちろん美代のことは前から可愛いと思っているし、何度となく手すさびの妄想にも使っているのだ。

菜穂の心理としては、快感のお裾分けか、あるいは自分の仲間がほしかったのかも知れない。どちらにしろ光二郎には絶大な快感を得ていながら、独占欲がないのは余裕が出てきた証拠であろう。

それとも、無垢な美代が相手なら嫉妬《しっと》も湧かず、あるいは美代が淫らな世界に入り込むことに妖しい快感を覚えているのではないだろうか。

「そうか……。それで、どうなのだ」

「え……?」

歩きながら言うと、美代が驚いたように顔を上げ、またすぐに伏せた。

「もしも、してみたいと思う気があるなら、私からもぜひ頼みたい。女がどのようなものか知りたいし、お美代も同じであろう」

光二郎は、自分も無垢なふりをして言った。そして、ひょっとして美代と情交出来るのではないか、という期待に胸を震わせた。

「そ、そんな……」

「もちろん、途中で嫌になれば止める。お前の気持ちが一番大事だからな。あるいは無垢のまま婿を取ると、心に固く決めているのなら、この話はなかったことにしよう」

光二郎は食い下がった。

「で、でも、どこで……」

美代が小さく言い、少しはその気があることを知って彼は有頂天になった。

「確かこの先に待合いがあっただろう。だが、手習いを終えたから、すぐ店へ戻らなくても大丈夫だろうか」

「ええ、それは大丈夫です。今は暇ですし、買物をして遅く帰るときもありますから」

美代が言う。その口調から、嫌ではないという気持ちが伝わってきた。好奇心と羞恥の間で、激しく胸がときめいているのだろう。

「よし、ではとにかく入ろう。話の続きはそれからだ。気が進まねば、遠慮なく言うと良い。私が、無理矢理狼藉《ろうぜき》するような男には見えないだろう」

「はい……」

光二郎が言うと、美代も頷いた。そして彼方に、その待合いが見えてきたので彼は歩を速めた。

やがて待合いの入り口に来た。もともと人目につかぬ場所に作られているので、通る人もいなかった。光二郎が思いきって中に入ると、少し遅れてちゃんと美代も入ってきた。

初老の仲居に二階へ案内され、奥の座敷へ入った。

部屋は八畳一間で、すでに床が敷き延べられて枕が二つ並び、桜紙も用意されていた。何とも淫靡《いんび》な雰囲気である。外は寺の裏庭に続いているから静かだし、誰かに見られたり聞かれる心配もなかった。

美代は布団の脇に身を縮めて座った。他に座る場所もないのである。

「お美代は、男や情交のことを、どれだけ知っているのだ？　春本とか見たことはあるのか」

光二郎も美代の前に座り、すぐ始めるのも気が引けるので、緊張を抑えて訊《き》いた。

「はい……、手習いで一緒だった子たちとお話ししたことはあります。春本も、一人が家から持ってきたのを、みんなで内緒で見たことがありました」

美代が、消え入りそうだがはっきりした声で言った。

春本は、おそらく仲間の娘の兄あたりが持っていたものだろう。

「それで？」

「最初は、たいそう痛いらしいというので怖いけれど、必ずしなければならないことだし、するうちに良くなると書かれていました」

「うん、そうだ。それから」

「それから、って、どのようなことですか……」

美代は、自分ばかり恥ずかしいことを答えているので、相当に呼吸が忙《せわ》しげになってきていた。

「自分でいじってみて、心地よさなどは少し知っているのか」

「は、恥ずかしくて、言えません……」

どうやら、オサネをいじったことぐらいはあるようだった。

「ああ、よい。では濡れてくるぐらいは知っているのだな。そのようになれば、交接しても痛みは和らぐと聞く」

「こ、光二郎様は、どれぐらいご存知なのですか……」

美代が、思いきって訊いてきた。

「私もお前と同じぐらいのことしか知らない。だが春本は見たことがある。やはり武家のように、すぐにも交接するのは痛いだけで良くないと思った。好き合うていれば陰戸を舐めることも必要だと思う」

言うと、美代がびくりと身じろいだ。狭い部屋に美少女の甘ったるい体臭が、艶かしく立ち籠めはじめていた。相当に、肌は汗ばんでいるのだろう。

「どうだろう。交接はともかく、女の身体がどのようなものか、脱いで見せてくれないだろうか」

「で、でも……」

「私も脱ごう。これは一種の学問のようなものだ。互いの身体で、男女のことを知るのは大事なことだろう」

何のかんのと理屈を付けて、光二郎は先に立ち上がり、大小を部屋の隅に置いて袴の前紐を解きはじめていった。

「さあ、お美代も脱いでくれ。もし、私のことを死ぬほど嫌いでないのなら」

追い詰めるように言うと、さすがに美代も小さく頷き、そっと立ち上がって帯を解きはじめてくれた。

光二郎は、目眩《めまい》を起こすほどの興奮に息を乱し、それを抑えながら袴を脱いだ。

まさか、憧れの菜穂と深い仲になったのち、日頃から可愛いと思っている十七の美少女まで、自分の前で肌を見せようというのだ。

彼は自分の運命を喜びながら、着物と襦袢を脱いでいった。

美代も、着物と足袋を脱いで、みるみる白い無垢な肌を露出させていった。

三

「ああ……、恥ずかしい……、こんなに明るくて……」

腰巻き一枚になり、襦袢を脱いだ美代が胸を押さえて言った。

「さあ、ではここへ横に」

光二郎は下帯一枚で横たわり、美代を左側に寝かせた。

胸を隠す両手をやんわりと外すと、形良い膨らみが現われた。ぽっちりとした乳首は薄桃色で、乳輪も微妙な色合いで周囲の肌に溶け込んでいた。

胸元にはぽつぽつと汗の雫《しずく》が浮かび、今まで着物の内に籠もっていた熱気が、甘ったるい芳香を含んでユラユラと立ち昇ってくるようだ。

さらに彼が腰巻きの紐《ひも》を解き、ゆっくり引き脱がせていくと、美代は両手で顔を覆《おお》い、身を強ばらせた。

光二郎も手早く下帯を解き、二人は一糸まとわぬ姿になった。

彼は美代の手を顔からやんわりと引き離し、唇を求めていった。

美代は長い睫毛《まつげ》を伏せて震わせ、ぷっくりした桜ん坊のような唇を僅かに開き、熱く湿り気ある息を弾ませていた。その息は甘酸っぱい芳香で、夢香の匂いに似ているが、やはり江戸の町娘らしい、おきゃんで爽《さわ》やかな感じだった。

そっと触れ合わせると、

「う……」

美代が小さく声を洩らして肌を強ばらせた。

やや厚みのある唇が柔らかく、適度な弾力を持って吸い付いてきた。緊張に乾き気味だが、舌を差し入れていくと唇の内側の湿り気に触れた。

桃色に引き締まった歯茎から、白く滑《なめ》らかな歯並びを舐めると、何とも可愛らしい感触が伝わってきた。綺麗な歯並びをした菜穂や夢香と違い、八重歯が愛らしく、下の歯はきっしりと隙間なく生え揃《そろ》っていた。

歯並びを舐めていると、ようやくおずおずと美代の歯も開かれてゆき、口の中の濃厚に甘酸っぱい芳香が洩れてきた。何やら胸の中が切なくなり、泣くまで苛《いじ》めてしまいたいほど可愛い匂いだった。

舌を侵入させ、奥で縮こまった美少女の舌を舐めた。

「ンン……」

美代が呻《うめ》き、それでも少しずつチロチロと触れ合った舌が蠢《うごめ》きはじめた。

舌は何とも滑らかで柔らかく、生温かな唾液に心地よく濡れていた。光二郎は執拗に舌をからめ、美少女の口の中を隅々まで舐め回した。さらにぷっくりした唇を軽く噛んだり、舌を出させて優しく吸ったりした。

ようやく口を離したときには、美代ははあはあ喘ぐばかりで、身も心も朦朧となってしまったようだ。

「これが口吸いだ。どんな感じがする？」

「わ、わかりません……」

美代は、かすれた声で小さく答えただけだった。

光二郎は、桃の実のような彼女の頬にも唇を押し当て、首筋を舐め下りていった。

「ああッ……！」

美代が喘ぎ、激しく身悶えはじめた。無垢な少女は、どこに触れても激しく感じてしまうのだろう。もちろん心地よさというより、くすぐったくて恥ずかしい感覚が大部分のようだった。

そして彼は滑らかな肌を舐め下りて、桜色の乳首にチュッと吸い付いていった。さらにもう片方の膨らみをそっと揉み、指の腹で乳首をいじった。

「あうう……、駄目、くすぐったくて……、どうか、堪忍……」

美代が激しく身をよじり、降参するように言った。

もちろん光二郎は止めはしない。痛いものを拒《こば》まれれば止めもするが、くすぐったいのは感じている証拠である。

それにしても、自分も僅《わず》かの間に女体の扱いに慣れてきたものだと思った。まだ菜穂しか知らず、僅かに夢香に触れさせてもらっただけだが、こうしてしっかり主導権を握り、少なくとも表面上は冷静に行動しているのである。

もし美代が思っているように、まだ光二郎も無垢だったら、とてもこう落ち着いては出来なかっただろう。

もう片方の乳首も含んで舌で転がし、彼は胸の谷間にも顔を埋めて美少女の汗の匂いを嗅いだ。乳房も、柔らかく豊かな菜穂と違い、まだ固い弾力があり、大きさも夢香より小さいが、それは激しく敏感に反応した。

左右の乳首を充分に舐めると、彼は美代の腕を差し上げ、じっとり汗ばんだ腋の下に顔を埋め込んでいった。腋毛は淡く心地よく鼻をくすぐり、甘ったるい汗の匂いが濃厚に籠もっていた。

「あん……」

美代は、さらにくすぐったそうに身悶《みもだ》え、彼の顔を腋に抱え込んできた。もう、自分がどこで何をしているかも分からなくなっているようだ。

光二郎は無垢な柔肌を舐め、赤ん坊のように初々しい体臭を嗅ぎながら、どんどん下降していった。

愛らしい臍《へそ》を舐め、張りのある腹部に顔を埋め込んでから、腰骨へと舌を這わせていった。そこも、かなりくすぐったいように美代は身悶えた。

太腿《ふともも》へ下りると、何とも健康的な張りが感じられ、彼は美少女の弾力を味わいながら脛から足首まで下りていった。

そして足首を摑んで浮かせ、足裏に舌を這わせたが、目を閉じて喘いでいる美代はまだ現状が把握できていないようだった。

舌を這わせると、うっすらとしょっぱい味がして、指の間に鼻を押しつけると汗と脂《あぶら》に蒸れて湿った匂いが感じられた。

爪先にしゃぶりつくと、ようやく美代も何が起きているか気づいたようだ。

「な、何をなさいます。いけません……、アアッ……！」

美代が声を上ずらせて言ったが、光二郎は構わず指の股にぬるりと舌を割り込ませて、順々に味わっていった。

「ああ……、き、汚いです……」

美代は激しく身悶え、彼の口の中で必死に爪先を縮めた。やはり武士に足を舐められるのは、光二郎には想像もつかない衝撃のようだった。

彼は味わい尽くすと、もう片方の爪先もしゃぶり、やがて彼女の脚の内側を舐め上げ、徐々に腹這いになって顔を進めていった。

膝を開かせ、むっちりとした内腿を舐め上げていくと、

「も、もう、それより上は……、どうか、後生ですから……」

美代が声を震わせ、開かれた股を手で隠した。

「さあ、力を抜くのだ。舐められれば、うんと心地よくなるぞ」

股間から光二郎が言うと、やはり舐める気か、と悟った美代がビクッと下腹を波打たせた。

「い、いけません。そのようなところを舐めるなど……」

「大丈夫だ。さあ手を離して」

光二郎は言い、彼女の手を引き離した。

そして美少女の中心部に目を凝らすと、何とも可憐で初々しい陰戸が丸見えになった。ぷっくり膨らんだ丘には柔らかそうな若草が楚々《そそ》と煙り、丸みを帯びた割れ目からは小ぶりの花びらが僅かにはみ出していた。

そっと指を当てて陰唇を左右に開くと、

「アアッ……！」

おそらく生まれて初めて人に触れられた美代は、声を上げて内腿を震わせた。

内部は綺麗な桃色の柔肉で、生娘の膣口が細かな花弁状の襞に囲まれて息づいていた。そして小さくぽつんとした尿口が確認でき、包皮の下から突き出た光沢あるオサネも、何とも清らかな色合いだった。

股間全体には、ふっくらと生ぬるい熱気が、甘ったるい汗の匂いを含んで馥郁《ふくいく》と籠もっていた。

そして柔肉は、驚くほどぬらぬらと潤《うるお》っているではないか。

「お美代、すごく濡れているぞ」

「く……」

股間から囁《ささや》いても、美代は激しい羞恥に奥歯を噛《か》みしめて呻《うめ》くばかりだった。

もう我慢できず、光二郎は顔を埋め込んでいった。柔らかな若草に鼻をこすりつけると、菜穂より夢香より、濃いゆばりの匂いがして実に刺激的だった。

小娘は小便臭いと言うが、正にそんな感じで光二郎は激しく興奮した。茂みの隅々には甘ったるい汗の匂いも含まれ、さらに美代本来の体臭も混じって鼻腔を満たしてきた。

「ああ……、も、もうご勘弁を……」

あまりに何度も彼が犬のように鼻を鳴らして嗅《か》ぐものだから、美代が哀願するように声を絞り出し、腰をよじって逃れようとした。

「力を抜いてじっとしているのだ。汚れていないから心配要らない」

「だ、だって、湯屋に行ったのは、おとついなんです……」

美代が、今にも泣きそうな声で言った。

「案ずるな。お美代の陰戸は何とも良い匂いだ」

「ああッ……！」

激しい羞恥に美代は喘ぎ、内腿できつく彼の顔を締め付けてきた。

光二郎は美少女の体臭で胸を満たし、舌を這わせていった。張りのある陰唇の表面から、徐々に内部に差し入れていくと、ぬるっとした感触が舌を迎えた。

溢《あふ》れる蜜汁は、汗とゆばりの混じったような味だ。彼は舌先で無垢な膣口を舐め回し、柔肉をたどってコリッとした小さなオサネまで舐め上げていった。

四

「ああーッ……！　だ、駄目、光二郎様……！」

美代がビクッと腰を跳ね上げて反応しながら、上ずった声で口走った。

光二郎は執拗にオサネを舐め回しては、溢れる蜜汁をすすった。陰唇は興奮に濃く色づき、オサネも刺激に突き立ってきた。

さらに彼は美代の両脚を抱え上げ、可愛い尻の谷間にも鼻を潜り込ませていった。

「あうう……、な、何を……」

「じっとしているのだ。気持ち良くなるからな」

光二郎は宥《なだ》めるように言いながら、美少女の可憐な桃色の肛門を観察した。

蕾《つぼみ》は無数の襞《ひだ》に囲まれ、どうして用を足すだけの穴がこれほど魅惑的なのか不思議なほどだった。

鼻を埋めると、これは菜穂や夢香と似た微香が籠もっていた。

舌を這わせると襞の震えが伝わり、充分に濡らしてから舌先を押し込むと、ぬるっとした粘膜の滑らかな感触とともに、甘苦いような微妙な味覚が感じられた。

「く……、いけません……」

美代は譫言《うわごと》のように力なく言い、潜り込んだ舌先をキュッキュッと締め付けた。

本当なら、彼は夢香にされたように、美少女の肛門に指でも押し込みたいところだったが、最初からあまりに強烈なことばかりするのも良くないだろう。今日こうした仲になれた以上、今後とも何度も二人きりで戯れられるのだ。やりたいことはいっぺんに行なわず、ゆっくり少しずつしていけば良い。

とにかく潜り込んだ舌を蠢かせ、充分に味わってから彼は舌を引き抜き、新たに溢れた淫水をすすりながら脚を下ろし、再びオサネに吸い付いていった。

そして指で割れ目をこすってヌメリを与え、試しに無垢な膣口にずぶずぶと押し込んでいった。

「く……」

美代が顔をのけぞらせて呻き、下半身を硬直させながら締め付けてきた。

「痛いか？」

「い、いえ……、何だか、変な感じ……」

美代は素直に答え、下腹をひくひくと波打たせた。

さすがに狭いが、何しろ潤いが多いので指一本ぐらいは何でもなかった。彼は熱く濡れた内壁を探り、天井をこすりながらオサネを舐めた。

「アア……」

「気持ち良いか」

「は、はい……」

ようやく、美代も羞恥やためらいより、快感を覚えはじめたようだ。

そして彼女自身が正直に答えた途端、何かが吹っ切れたのだろう。蜜汁の量は格段に増し、彼女の反応も大きくなった。

「ああ……、光二郎様、気持ちい……、どうか、もっと……」

美代は激しく身悶えて口走り、このまま気を遣るのではないかと思えるほどガクガクと腰を跳ね上げ続けた。

光二郎も待ちきれなくなり、彼女が絶頂を迎えてしまう前に、指と舌を引っ込めて身を起こしていった。

そのまま股間を押し進め、幹に指を添えて先端をヌラヌラと陰戸にこすりつけた。張りつめた亀頭は、たちまち美少女の清らかな蜜汁に温かくまみれた。

「良いか、入れても……」

位置を定めながら言うと、美代は目を閉じたままこっくりした。

光二郎はゆっくりと股間を押しつけた。張りつめた亀頭がぬるりと潜り込み、生娘の膣口が丸く押し広がった。何しろ潤いが豊富だから、それは難なく吸い込まれ、ぬるぬるっと滑らかに根元まで潜り込んでいった。

「あう……！」

美代が眉をひそめて呻き、奥歯を噛みしめた。

深々と貫き、光二郎は生まれて初めて生娘を自分のものにした感激に酔いしれた。中は燃えるように熱く、さすがに締まりは最高だった。

彼は温もりと感触を味わいながら股間を押しつけ、まだ動かずに両脚を伸ばし、美代に身を重ねていった。

彼女の肩に腕を回し、肌の前面を密着させて抱きすくめ、甘い匂いのするうなじに顔を埋めた。美代も下から両手を回してしがみついてきた。

少しだけ腰を動かしてみると、

「く……！」

美代が息を詰めて小さく呻き、破瓜《はか》の痛みに思わず両手に力を込めた。

「大丈夫か。痛ければ止める」

「いいえ……、どうか、最後まで……」

囁くと、美代が健気《けなげ》に答えた。どうせ通る道ならばと、覚悟を決めたようだった。

光二郎は次第に小刻みに腰を突き動かし、何とも心地よく濡れた柔襞の摩擦を嚙みしめた。

「あぁッ……！」

美代が顔をのけぞらせて喘ぐ。眉をひそめ、脂汗を滲ませて顔をしかめる様子が実に興奮をそそった。もちろん長く楽しむのも酷だから、早く終えるに越したことはない。光二郎は動きを速めていった。

柔らかな恥毛がこすれ合い、こりこりする股間の骨の膨らみまで伝わってきた。

そして唇を重ね、喘ぐ口の中を舐め回し、可愛らしく甘酸っぱい息の匂いを感じた途端、光二郎はあっという間に絶頂の快感に全身を貫かれていた。

「く……！」

美少女の匂いに包まれ、突き上がる快感に呻きながら、彼は思わず股間をぶつけるように乱暴に動いてしまった。

ありったけの熱い精汁を勢いよく柔肉の奥に放つと、さらにヌメリが増して動きが滑らかになった。もう美代は痛みも麻痺《まひ》したようにぐったりとなり、やがて彼は最後の一滴まで心おきなく出し尽くした。

ようやく動きを止め、美少女の温もりと匂いを感じながら彼はうっとりと快感の余韻に浸り込んだ。

呼吸を整えると、ゆっくりと股間を引き離した。

「あう……」

ぬるっと抜けるときに、また美代が小さく声を洩らした。

光二郎は桜紙で手早く一物を拭い、美代の陰戸を覗き込んだ。陰唇が痛々しくめくれて、生娘でなくなったばかりの膣口からは、淫水に混じった精汁が逆流し、それにはうっすらと血の糸が走っていた。

そっと拭ってやると、まだ美代は異物感が残っているように硬直したままだった。

互いの処理を終えると光二郎は添い寝し、美代を優しく抱いてやった。

「これで私も、大人の仲間入りですね……」

「ああ、そうだ」

美代が、意外に元気な声で言うので、光二郎も安心して答えた。どうやら後悔もないようで、痛みより好奇心を満たした思いの方が強いようだった。

彼は美少女の、ほんのり乳臭い髪の匂いを嗅いでいるうち、またすぐにもむくむくと回復してきてしまった。何しろ、美代を気遣って早々と終えてしまったから、まだ快感がくすぶっているのである。

光二郎は、甘えるようにしがみついている彼女の手を握り、そっと一物へと導いていった。

「……」

荒い呼吸をついていた美代が、びくりと身じろぎ、それでも手を引っ込めることなく、やんわりと握ってきた。柔らかな手のひらは、ほんのり汗ばんで温かく、その心地よさに、一物は美少女の手の中で最大限に膨張していった。

「太くて硬いわ……。これが入ったの……」

美代は呟《つぶや》き、次第に好奇心を前面に出し、にぎにぎと無邪気に弄《もてあそ》んできた。

光二郎は彼女の顔を、下方へと押しやった。すると美代も素直に移動し、彼の腹に頬を当てて枕にしながら、徐々に一物へと顔を寄せていった。

やがて股間に生温かな息がかかり、熱い視線が注がれてきた。

「おかしな形……」

美代が無心に呟き、幹をいじり、張りつめた亀頭に指を這わせた。そしてぬめった鈴口に指の腹を当ててヌルヌルと動かし、さらにふぐりの方まで探ってきた。

光二郎がさらなる快感を求めて股間を突き上げると、美代も自分から先端に口を押し当ててきてくれた。

浅く含み、ぬらりと鈴口に舌を這わせてきた。

「ああ……」

彼が快感に喘ぐと、美代はそれを喜ぶように吸引と舌の蠢きを強めてきた。そして今度は自分の番とばかりに完全に上になり、喉の奥まで呑み込んでくれた。

美少女の口の中は温かく濡れ、熱い息が股間に籠もった。内部ではくちゅくちゅと舌が滑らかに動き、たちまち肉棒全体は清らかな唾液にまみれた。

「気持ちいいの？　光二郎様……」

「ああ、とても……。出てしまいそうだ……」

「いいわ、出しても。光二郎様のものなら……」

美代が答え、再び亀頭にしゃぶりついた。する側になれば羞恥もなく、気が楽なのだろう。そして何より、自分も舐められて気持ち良かったから、美代も光二郎が快感を得るのを自分の喜びとしているようだった。

「こうして……」

光二郎は彼女の顔を押しやりながら、下からは股間を突き上げた。美代も心得、顔全体を上下させて、濡れた口ですぽすぽと心地よい摩擦を開始してくれた。

たちまち光二郎は二度目の絶頂を迫らせて悶え、そのまま昇り詰めていった。

「い、いく……！　ああッ……」

彼は快感に口走り、熱い精汁を勢いよく美少女の喉の奥へとほとばしらせてしまった。絶頂の快感と同時に、無垢な口を汚すという禁断の悦びも混じった。

「ンン……」

喉を直撃されながら美代は小さく鼻を鳴らし、口に溜まったものを喉へと流し込んでいった。光二郎は美少女に飲み込まれながら身悶え、最後の一滴まで心おきなく絞り尽くしたのだった。

五

「光二郎、今日はもう上がろう」

寅之助に言われ、光二郎も編纂《へんさん》の作業を中断して顔を上げた。

昌平坂学問所である。光二郎は寅之助の手伝いをしていたが、そろそろ日も傾いてきた。

「お疲れ様でした」

「うん、私は今夜もここへ泊まるから、お前は帰るがよい」

「わかりました。ではこれにて」

光二郎は辞儀をして、学問所を出た。

寅之助が帰宅したのは、昨夜だけだった。

(ちゃんと、菜穂様とはしたのだろうか……)

歩きながら彼は思い、真《ま》っ直《す》ぐ自宅に帰った。今夜一人きりになる菜穂が心配だったが、もう大丈夫だろうとも思った。それに用無しの部屋住みとはいえ、そうそう家を空けるわけにもいかなかったのだ。

自室である離れに大小を置いて着替え、厨《くりや》で簡単に夕餉《ゆうげ》を済ませ、両親に挨拶してから離れへ引き上げた。

部屋住みでは行燈《あんどん》の油も節約しなければならないから読書もせず、日が暮れると彼は早めに横になった。そして久々に手すさびでもしようと、菜穂や美代とのことを思い出した。

しかし、その時である。

いきなり離れの障子が、裏庭の方から軽く叩かれた。驚いて飛び起き、光二郎はそっと障子を開けた。すると、そこに夢香が来ていた。

「夢香様。どうなさいました……」

彼は、夢香の青ざめた顔に胸騒ぎを覚えて言った。

「寅之助様が、夜鷹に刺されました」

「な、何ですって……？」

光二郎は目を丸くし、すぐには彼女の言葉の意味が把握できなかった。

「とにかく、お越しを。鮫ヶ橋です」

「わ、わかりました……」

光二郎はすぐにも寝巻きを脱いで襦袢と着物を羽織った。急いで帯を締めて袴を着け、大小を帯びた。

母屋には言わなくて良いだろう。一大事だが、どうしてそれを知ったという説明が面倒である。どうせ離れには誰も来ないので、光二郎は縁側から裏庭に出た。夢香がちゃんと草履も揃えてくれていた。

裏木戸を抜け、路地を足早に進みながら、ようやく彼は夢香に説明を求めた。

「一体、どういうことです……。まさか、刺したのは、菜穂様……？」

「いいえ、本当の夜鷹です。支払いで悶着を起こし、例の破落戸が取り囲んで斬り合いになりました。寅之助様は多くを相手にしても、一向に臆《おく》することはなかったようですが、後ろにいた夜鷹には油断したようで」

夢香が、彼より先を進みながら早口に言った。

「ちょ、ちょっと待ってください。新川様が夜鷹を買いに……？」

「そうです。夜毎に通っていたようで、しかも学問所の金も相当に使い込み……」

「そんな莫迦《ばか》な！　あの方に限って」

光二郎は、混乱と動揺に何も考えられなくなってしまった。

「本当のことです。すでに、学問所の何人かが気づいて調べ、ほぼ目星を付けられておりました。それが知れるのも間もなくだろうからと私は玄庵先生から言われ、菜穂様のためにも寅之助様をお諫《いさ》めしようと、それで今宵、鮫ヶ橋へ出向いたのです」

「そ、そんな……」

「しかし、私が行ったときには斬り合いが始まり、夜鷹に後ろから刺されたところでした。私は石飛礫《つぶて》で連中を倒し、すぐ役人に知らせてからこちらへ」

「それで、新川様は……」

「すでに、事切れておりました」

「なんと……！」

光二郎は目の前が真っ暗になった。大恩あり、尊敬していた寅之助が、夜鷹通いをしていたというだけでも相当な衝撃だったのに、さらに使い込みをしたうえ死んだというのである。

「しっかり！」

歩調のゆるんだ彼を夢香が叱咤《しった》し、光二郎は夢香とともに懸命に走った。

やがて四谷鮫ヶ橋に来ると、すでに多くの役人が寅之助の遺体を囲み、龕燈《がんとう》で照らしていた。

しかも驚いたことに、そこには菜穂まで呼ばれて夫を確認しているではないか。夢香が知らせたのだろう。

夢香の石飛礫を食らって息を吹き返した破落戸たちや夜鷹も縛られ、他には、学問所で光二郎の見知った顔まであった。

「お手前たちは」

役人が、駆け寄ってきた光二郎と夢香を見て言った。

「学問所のもので、間壁光二郎」

「私は、殺し合いを見てお役人に知らせたものです」

光二郎が言い、夢香も答えた。夢香は、自分の石飛礫とは言わず、ただ人殺しがあったとだけ番屋に言い、そのまま走り去ったようだった。

「左様か。細かな取り調べは明日行なう。妻女の存じ寄りならば、身柄を任せたい」

厳めしい顔つきをした与力が言った。旗本が殺されたということで出向いてきたのだろう。

光二郎は、あまりのことに呆然としている菜穂に寄り添い、恐る恐る死骸を見た。すでに寅之助は戸板に乗せられ、半眼で歯を食いしばったまま事切れていた。

「大丈夫ですか、奥様。どうかお気をしっかり」

光二郎は、自分も倒れそうなほどの衝撃を受けていたが、青ざめている菜穂を見て少し自分を取り戻した。

やがて与力が采配《さいはい》し、捕り方たちが破落戸や夜鷹を引き連れ、さらに寅之助の死骸も検死があるのか、いったん番屋へと運ばれていった。

光二郎は、今にも座り込みそうになっている菜穂を、夢香と一緒に両側から支えてそれを見送った。

「間壁、奥様を頼む」

「承知いたしました……」

来ていた学問所の上司が言い、光二郎も辞儀をして答えた。本当は上司に、寅之助の使い込みやら夜鷹通いのことなどを質《ただ》してみたかったが、今は菜穂がいるので控えた。

やがて上司も帰ってゆくと、光二郎と夢香は、菜穂を支えながら番町の屋敷へと帰っていった。

「旦那様を刺したのは、私ですか……？」

のろのろと覚束《おぼつか》ない足取りで進みながら、菜穂が小さく言った。どうやら、自分が夜鷹に扮して行なったことではないかと混乱しているようだ。

「いいえ、菜穂様ではございません」

夢香がきっぱりと言った。

「そう……、私は、夕刻から何も覚えていないのです……」

「でも、役人が迎えに来たときには家に居られたのですから」

菜穂の言葉に、今度は光二郎が答えた。

「そうですね……。それで、もう旦那様は帰ってこないのですか……」

徐々に、菜穂も現実の重みを感じはじめたようだった。

しかし、さすがに自分を取り戻してくると、武家の妻として涙を見せるようなことはなかった。むしろ足取りもしっかりして気丈なところを見せた。

家へ戻ると、夢香が菜穂に水を飲ませ、とにかく寝かせた。

「私は玄庵先生に報告してきます。朝まで、ついていてくださいますね」

「ええ、もちろん」

夢香に言われ、光二郎は頷いて答えた。もちろん今夜ばかりは淫気も湧かず、光二郎にとっても辛い夜を過ごさねばならなかった。

夢香が帰ってゆき、光二郎は部屋の隅に大小を置き、胡座《あぐら》をかいて壁に寄りかかった。もちろん眠れるものではない。

しかし、菜穂は間もなく深い眠りに就いてしまった。さっき水を飲ませたとき、夢香が何か薬を含ませたのかも知れない。素破なら、そうした薬なども色々持ち歩いているのだろう。

(新川様が、死んだ……)

光二郎は、心の中で繰り返しそれを思った。まだ、現実のこととして受け止めきれなかった。何しろ、あの謹厳実直な寅之助の、様々な風評を聞いてしまったから、なおさらだった。

（私は、これからどうなるのだろう。それから奥様も……）

光二郎は思い、菜穂の寝顔を見た。

明日は、長い一日になりそうだった。そのために、彼も少しは眠っておかなくてはならない。

だが光二郎は眠れず、いつまでも闇に浮かぶ菜穂の白い顔を見つめていた。

第四章　くノ一の淫術に濡れて

一

「気になっていたので、私も新川さんの検死に立ち合ってきたのだ」

結城玄庵が、訪ねてきた光二郎に言った。

「はい。それを夢香様に伺《うかが》い、詳しくお聞きしようと思ってお訪ねしたのです」

光二郎は言った。一夜明けて、多少は落ち着いてきたが、明け方に少し眠っただけなので、身体に力が入らなかった。

内藤新宿《ないとうしんじゆく》の外れにある、彼の家である。

玄庵の妻と、十歳になる新三郎《しんざぶろう》という一子は小田浜にいて、今は夢香と二人で住んでいるようだった。

玄庵は神田《かんだ》にある小田浜藩の屋敷から、あちこちへ引っ越しを繰り返し、こぢんまりした家で気ままに暮らしていた。今は藩主も国許へ帰っており、小田浜には彼の知り合いの名医もいるから任せ、江戸に残った彼は町医者をしているのだ。

縁側に腰掛けて光二郎が見ると、小さな庭には楓《かえで》の木があり、可憐な芽を膨《ふく》らませていた。

菜穂の方は、今は夢香と美代がついているから大丈夫だろう。

「腰の少し上を、後ろから匕首《あいくち》でひと突きだった。即死状態だな」

「そんな、簡単に死んでしまうのですか。新川様は剣の手練れで……」

「ああ、場所が悪ければ、衝撃を受けた瞬間に、心の臓が停まってしまうことがあるのだ」

「そうですか……」

どちらにしろ、もう死んだ寅之助は帰ってこないのである。

「あとは、破落戸《ごろつき》やら夜鷹からも話を聞くことが出来た」

玄庵が言う。小田浜藩の御典医というだけでなく、副業の町医者も長いから、役人にも知り合いが多く顔が広いようだった。

「破落戸は、朝雲《あさぐも》一家という流れ者の集まりだ。今回は直接手を下したわけではないが、斬り合いをしたし他にも悪事を働いているから、まず全員が遠島になるだろう。逃げようとしたところを夢香の石飛礫《つぶて》で昏倒《こんとう》したが、なぜ気絶したのかわけの分からない奴らは、新川さんの峰打ちを食ったかも知れない、とでも思いはじめているようだった」

「はあ……」

「夜鷹は、奴らとつるんでいる三十になるお駒《こま》という女だ」

その夜鷹は昨夜、光二郎も見たが、菜穂が夜鷹に扮したとき茣蓙《ござ》を取られたと言って喚《わめ》いていた女だった。

「そのお駒に、どうやら新川さんは執心だったらしい。それで金をぼられ、足りなくなると学問所の手文庫からくすねるようになってしまったようだ。昨夜は、お駒の後ろに朝雲一家という破落戸がついていることを知り、逆上した新川さんと揉《も》めたというわけだ」

「ま、待ってください。あれほどの方が、まして美しい奥様がいるのになぜ……」

「ああ、淫気というものは、時として考えもつかぬ形を取るものなのさ。それに、いくら美しくても、ともに暮らせば飽きる。まして白髪の生えるまで一緒にいる者に、そうそうおかしな癖《へき》はぶつけられないさ」

「へ、癖とは、いかなる……」

あの真面目な寅之助に、どのような性癖があるというのか、光二郎には信じられなかった。

「お駒に会わせてもらい、その辺のことは詳しく聞き出した。お駒も、まさか武士が一突きで死ぬとは思わなかったから、何とか死罪を免《まぬが》れたくて洗いざらい喋《しゃべ》ってくれた。もっとも、死罪になってしまうだろうがな」

玄庵は座敷に入り、鉄瓶から茶を二つ淹《い》れてまた縁側に戻ってきた。

「お駒の口調を借りると、こう言っていた。あの侍はさ、妾《あたし》のゆばりを飲むのが好きだったんだよ。しかも顔を踏んでやると、女のような声でよがりはじめて、気味が悪いったらありゃしない、と」

「そ、そんなことが……」

光二郎は絶句した。玄庵の声色こそ気味が悪いったらありゃしないが、嘘を言っているとも思えなかった。だいいち、顔を踏まれたりゆばりを飲まされると聞いただけでも、光二郎自身が激しく胸を揺さぶられたのである。

そして実際に、光二郎も夢香に顔を踏んでもらい、顔にも跨《また》がってもらっているのだった。あるいは寅之助は、光二郎に自分と同じ性癖があることを見出し、それで面倒を見てくれていたのではないだろうか。

「あの方に限って……」

「いや、見かけでは分からぬものさ。幻滅させるのも気の毒だが、常に人の心には光と影がある。人前で見せる姿と、自分だけの楽しみは別だ。金の使い込みだけは良くないが、それさえなければ、誰にも迷惑をかけておらぬ」

「はあ、そのようなものでしょうか。美しい奥様がいるのに……。あ、そうか、ともに暮らし、四六時中顔を合わす人にゆばりなど頼めないか……」

「その通り」

光二郎の呟きに、玄庵は大きく頷いた。

「まして奥方は、亭主に負けず劣らず貞淑だ。そんな武家の女に言えぬことも、夜鷹にならら頼める」

「なるほど……」

「そして奥方も貞淑なのは外側だけで、内面は大いなる淫気に苦しんでいたことは、お前さんも身をもって分かったはず」

「はい……。やはり、ともに暮らせば淫気は薄れるのでしょうか……」

「ああ、釣った魚に餌《えさ》をやらぬ譬《たと》え通り。その代わり淫気が減っても愛着は増える。もっとも最初から淫気も愛着も湧かぬ相手もいるが」

玄庵が顔をしかめて言った。あるいは、夫婦仲が良くないのかも知れない。

「それとも一つ」

玄庵は、茶を一口すって口を湿《しめ》らせた。

「どうやら新川さんの夜鷹通いは、学問所では噂になっていたようだ。それが漏れ、何かの拍子にどこからか奥方の耳に入ったのかも知れない。それで、淫気の溜まった奥方は、無意識に夜鷹に扮し、出会った頃のように亭主に抱かれたかったのかもしれぬ。本人は夢うつつで忘れているが、だとすれば可哀想な心根だなあ」

「そうですか……」

光二郎は視線を落とし、自分も茶を一口飲んだ。

「ゆばりを飲んだり踏まれて喜ぶというのは、どのような気持ちから発することなのでしょう」

「それは、己に自信があって、学識や地位の高いものほどそうなる。人の上に立つものほど、逆に虐《しいた》げられることに興味を持ち、ほんの一時の約束事で経験することに喜びを覚えるものだ。だからなおさら、相手は夜鷹のようなものを選びたがる」

言われて、光二郎も今度、美代にそれをしてもらおう、と密かに思ってしまった。

「そうした癖があるものは、やがて人の上に立つのでしょうか」

「おいおい、それはない。全ては努力と運次第」

玄庵が笑って言い、それもそうだと光二郎も思った。

「それで……、これから菜穂様はどうなるのでしょう……」

「ああ、そこだな」

言われて、玄庵も表情を引き締めた。

「新川家は、これにて絶えような。不祥事が表に出れば、家は改易。逆に奥方は旧姓に戻って自由に生きられるかも知れん」

玄庵が言う。

だが、菜穂の実家では、そのような不祥事の起きた家から戻ることを許さないだろうから、今後菜穂は一人で生きてゆかねばならないだろう。

「いろいろと、助けてやると良い。わしも夢香も、出来る限りのことはするからな」

「はい、有難うございます」

光二郎は立ち上がって礼を言い、やがて玄庵の家を辞したのだった……。

――新川家では、寅之助の密葬が行なわれた。

親戚も学問所からも、顔を出したのはほんの僅か。やはり使い込みの不祥事が明るみに出て、また夜鷹に刺されて死ぬという無様な最期と合わせ、改易は免れぬという事態によるものだった。

いっぽう寅之助の推挙で学問方に勤めることになった光二郎にも、多少の風当たりがあった。

しかし城中では冷たい目で見られたが、お役御免になることはなく、また昌平坂学問所の方では、光二郎の優秀さは認められつつあったから、やがては分け隔てされることなく過ごすことが出来るようになるだろう。全ては、彼の向後の努力にかかっていた。

新川家は旗本の拝領屋敷だから、当然ながら召し上げられることになった。そして菜穂は、やはり自分から実家へは戻らなかった。

実は、救いの手が差し伸べられたのである。

それは美代の父親、四十歳になる作蔵《さくぞう》だった。

呉服問屋を営む大店の彼は、平河町の外れにある一軒家を菜穂に貸し、そこで手習いを続けるよう言ってくれたのである。

その家は先代の隠居所だったが先だって他界し、空き家になっていたものだ。

近々貸家にしようと思っていた矢先らしい。二間と納戸、厨と厠だけの小さな家だが、家賃も安くしてくれ、それなら手習いの束脩《そくしゅう》だけでも充分にやってゆけそうであった。

もちろん美代も光二郎も手伝うつもりでいるし、手習いに来ていた子供たちの親も今回のことは菜穂の責任ではないと、同情の向きが多く、また菜穂の教授にも定評があったから協力的だった。

かくして数日のうちに、菜穂は美代の家に近い平河町の一軒家に住むようになり、そこで手習いが再開された。光二郎も昌平坂と、菜穂の手習いの両方に通う日々となった。

後家となった菜穂は今度こそお歯黒を落とし、寅之助を失った衝撃からも、ようやく立ち直ってきたようだ。しかしまだ、新たな生活に慣れるまでは、淫気の方はお預けになるだろうと、光二郎は我慢していたのだった。

二

「光二郎様……」

実家の離れに、また夢香がやってきた。

寝ようとしていた光二郎は、驚いて彼女を中に入れた。

「まさか、また何か……」

「いいえ。菜穂様も、もうすっかり立ち直られたようでございます。むしろ、旦那様の帰りを待ち侘《わ》び、淫気に悶《もだ》えることからも解き放たれたようです」

「それは良かった。では、そろそろまた私の出番がやってきますか」

光二郎は肩の力を抜き、溜まりに溜まっている淫気を早く菜穂に向けたいと思って期待した。

「ええ、それはそうなのですが、お美代さんの父親である作蔵さんのことで……」

「はあ、良い人ですが、それがどうかしましたか」

意外な名に、光二郎は小首をかしげて聞き返した。

「どうやら菜穂様に懸想《けそう》しております。何かと便宜を図ったのも、恩を売って自分が囲いたいからかも」

「え……？」

ようやく光二郎は理解した。

確かに大店の亭主なら、妾《めかけ》を持ちたがるのは当然だろう。まして、武家の女を持つことは、町人としても大いなる自尊心がくすぐられることだ。

「そうでしたか……。だが、今さら他へ移るというのも……」

光二郎は言い、あの太り気味の四十男を思い浮かべた。穏和《おんわ》だが、確かに淫気は強いのだろう。それに大店を切り回している貫禄もあるし、妻に内緒の金などどうにでもなりそうだった。

「ええ、今の菜穂様は、あの家に住むしかありません」

「すでに、菜穂様に言い寄っているのですか」

「いいえ、まだ時期を見ているでしょう。今ではあまりに早すぎます。でも引っ越しの時に作蔵さんを見て、菜穂様に対する淫気は充分に感じられました」

淫術の手練れでもある夢香は、そうした男の感情も一目見て分かってしまうようだった。

「そうか……。もし言い寄られたら、菜穂様は何と答えるだろうなあ……」

「あるいは、応じるかも知れません」

「え……？」

夢香の言葉に、光二郎は目を見開いた。何でも熟知している夢香の言なら、あながち妄想に過ぎぬと一笑に付せられるものではない。

「菜穂様は、旦那様の死を悼《いた》みつつ、無意識に新たな男を求めております」

「そ、それは、私ではいけないのでしょうか……」

光二郎は、嫉妬と独占欲に胸を焦がしながら言った。

「光二郎様はお若いから、淫気の解消には最適です。でも今後の菜穂様は、安らかな暮らしを求めるようになるでしょう」

「では夢香様は、菜穂様が町人の囲われものになることに反対しないと……」

「町人も武家もありません。弱い女は、強いものに寄る辺を探すものなのです」

言われて、光二郎はすっかり意気消沈してしまった。理屈では、夢香の言うとおりだということが分かるのである。そして光二郎は、若さと淫気はあるが、金だけは無いのである。

ただ、光二郎にしてみれば尊敬する寅之助の死をようやく乗り越え、逆にやっと菜穂を独占できると思っていた矢先なのだ。

するといた、打ち沈んだ彼をよほど可哀想に思ったのか、夢香が優しく言った。

「双方丸く収める手だてはございます」

「え？　それは……？　ああ、作蔵の連れ合いに釘を刺してもらうとか？」

「いいえ、作蔵さんはやり手で、ご新造は大人しい方です。でも、作蔵さんが唯一頭の上がらない女がいます。それは、目の中に入れても痛くない」

「お美代ですか」

「はい。お美代さんが、尊敬する菜穂様をお妾にするなど反対、と言えば、作蔵さんも諦めるかも知れません。お美代さんに、そのように言わせることは造作もありません。あるいは、私がお美代さんに化けることも出来ますし」

「そ、それはいい……」

光明を見た思いで、光二郎も顔を輝かせた。

「いよいよ、作蔵さんが菜穂様に言い寄るときが来たら、では私が取り計らうことにしましょう」

「有難うございます。夢香様がついていれば安心です。でも、どうして、そんなに菜穂様のことを……」

「お気の毒なのです。あれほど淫気の強い方は、私の生まれ育った素破《すっぱ》の里でも、そうはおりません。それがお武家に生まれ、薙刀《なぎなた》に熱を入れて紛《まぎ》らそうとし、懸命に身を律しておりました。そして良い方と一緒になったけれどあのようなことになり、また身も心も揺れております」

夢香が言う。

「なるほど、夫婦が互いに強い淫気をぶつけ合えば、何事もなかったかも知れないけれど、男心と武家のしがらみはどうにもならないのですねえ……」

「はい。もう明日にでも、光二郎様がお慰めしたらよろしいかと思います」

彼女が言ってくれ、光二郎も自分が菜穂を悦ばせ、他の男に目がゆかないようにしようと思うのだった。

「あ、あの、私はちゃんと明日から菜穂様にご奉仕するので、せめて今宵は、夢香様に触れたいのですが……」

ようやく、光二郎は正直な思いを口にした。

「はい。よろしいでしょう。以前とは事情が違います。光二郎様の精汁は、一滴余さず菜穂様にと思っておりましたが、今日私に出しても涸《か》れるものではございませんでしょう。それに菜穂様の気鬱は、もう大丈夫です」

夢香は言ってくれ、立ち上がると手早く帯を解きはじめてくれた。

光二郎も、嬉々《きき》として寝巻きを脱ぎ去り、下帯まで外して仰向けになった。

夢香もためらいなく着物と襦袢を脱ぎ、足袋と腰巻きまで取り去って一糸まとわぬ姿になった。

以前は着衣だったので、初めて見る夢香の美しい全裸に光二郎は目を見張った。健康的な小麦色の肌が躍動感を漂わせ、さすがに腹部は引き締まり、肩も太腿《ふともも》も逞《たくま》しかった。

「さあ、今宵はどういたしましょうか」

今までと打って変わって、甘く粘つくような声音《こわね》になって夢香が囁《ささや》き、仰向けの優雅な仕草で彼に添い寝してきた。

「ゆ、夢香様は、玄庵先生のものなのですか……」

「はい」

光二郎の問いに、夢香は迷いも衒《てら》いもなく即答した。

「でも、このことは報告を……？」

「はい、私は何もかも玄庵先生にお話しいたします。でも、先生はお心の広い方ですので、どうかお気になさらずに」

夢香は言いながら肌を密着させてきた。

どうも素破というのは、通常の女とは神経のありどころが違うのかも知れない。いや、あの玄庵も相当な奇人である。実際、もう女を抱くとか挿入するとかいう段階を超え、心が広いというより、むしろ全てのことを刺激として受け止めているような、そんな雰囲気が感じられたものだった。

あるいは光二郎も、玄庵のような心境になれば、菜穂が作蔵に抱かれたことを良い刺激に転換できるのかも知れない。だが、その真似をするには、まだあまりに光二郎は若かった。

とにかく彼は、目の前の女体に専念した。これを、玄庵にどのように報告されようとも、それは後のことである。

「こうしてくださいませ……」

光二郎は言い、左側に寝ている夢香の、右腕を伸ばしてもらって枕にし、張りのある胸に顔を埋《う》め込んでいった。

「こうですか？　甘えん坊なのですね……」

夢香が優しく囁き、甘ったるい汗の匂いとともに、甘酸《あまず》っぱい果実臭の吐息も惜しみなく与えてくれた。彼が何を欲しているのか、肌を接しているだけで何もかもお見通しなのかもしれない。

光二郎は鼻先にある色づいた乳首に吸い付き、顔中を柔らかな膨《ふく》らみに埋め込んでいった。

生ぬるく甘ったるい汗の匂いが馥郁《ふくいく》と鼻腔を掻き回し、彼はもう片方の膨らみを揉みながら激しく乳首を舌で転がした。

「アア……、いい気持ち……」

夢香も遠慮なく息を弾ませ、ぐいぐいと乳房を彼の顔に押しつけてきた。熟れた菜穂とも、幼い美代とも違う。そして武家でも町人でもなく、あらゆる性戯を知っているであろう素破の美女に光二郎は陶酔した。

もう片方にも吸い付き、存分に舐め回し、さらに首筋を舐め上げて彼女の唇を求めていった。

夢香も俯《うつむ》き、彼に顔を寄せてきてくれた。唇が重なり、かぐわしい息が彼の鼻腔を満たし、同時にヌルリと長い舌も侵入してきた。

光二郎は舌をからめ、とろとろと口移しに注がれる生温かな唾液で喉を潤《うるお》した。

三

「ああ……、何と良い匂い……。私は夢香様に術をかけられ、あなたの息と唾の匂いで昇り詰めたのですよ……」

光二郎は口を離し、近々と顔を寄せたまま囁き、鼻腔に入れられた唾液の泡のことを思い出した。

「そう？　ごく普通の女の匂いなのですよ。でも、お好きならこのように」

夢香は熱く囁きながら、口を開いて迫った。そして白く綺麗な下の歯が、彼の鼻の下に引っ掛けられた。鼻が熱く湿った口腔に完全に含まれ、何とも濃厚な果実臭が胸を満たしてきた。

正にそれは、夢のような香りだ。夢香の吐く息吹が彼の鼻腔から胸に染み込み、その刺激が股間に響いてきた。

光二郎は我慢できないほど高まり、夢香にしがみついた。

ようやく彼女は口を離し、彼の耳を舐めてから首筋をたどり、乳首に吸い付いてきた。そして左右の乳首を舐め回し、軽く嚙《か》んでから、真下に下りていった。

光二郎は仰向けになって身を投げ出し、まずは夢香の愛撫に全てを委《ゆだ》ねた。

彼女は屹立《きつりつ》した一物に熱い息を吐きかけ、そっと指を添えて先端にしゃぶりついてきた。そして温かな口の中に深々と呑み込みながら、大股開きになった彼の股間に陣取ってきた。

夢香は頰をすぼめて吸い付き、すぽんと口を離してから、今度はふぐりを満遍なく舐め回し、さらに彼の脚を浮かせて肛門にまで舌を這《は》わせてきた。

「く……！」

ぞくぞくと震えが走るような快感に呻《うめ》き、光二郎は肛門に美女の舌を感じた。

夢香はぬるっと長い舌を深く押し込み、また精力増強のツボを刺激するように内壁を舐め回してきた。

彼は肛門で夢香の舌を締め付けながら身悶えた。やがて彼女は舌を抜き、再びふぐりから一物へと舐め上げてきた。

「ああ……」

光二郎は暴発を堪えて喘ぎ、温かな唾液にまみれた肉棒を震わせた。

すると彼女は、絶頂寸前でまた口を離した。

「どうなさいます。茶臼《ちゃうす》で入れますか？」

「先に、舐めたい……」

「はい、どこを」

「足から」

言うと、夢香はすぐにも彼の顔の脇に座り、片方の足を浮かせて足裏を鼻と口に押し当ててきた。光二郎は指の股に籠もった、蒸れて湿り気ある匂いを嗅ぎ、足裏に舌を這わせはじめた。

味と匂いが消え去るほど堪能すると、夢香は自分から足を交代させた。

そして彼が両足とも充分に舐めると、ほんのり頬を上気させていった。

「陰戸も？」

「ええ、どうか顔を……」

光二郎が言うと、また彼女は以前のようにためらいなく彼の顔に跨り、股間を押しつけてきてくれた。柔らかな茂みが鼻を覆《おお》い、汗とゆばりの混じった芳香が鼻腔を掻き回してきた。

彼は舌を伸ばし、すでに充分濡れている割れ目を舐め、膣口からオサネまで味わった。さらに尻の真下にも潜り込み、秘めやかで生々しい微香を嗅ぎながら肛門にも舌を這い回らせた。

やがて前も後ろも充分に味わい、再び彼は陰戸に吸い付いた。

「ねえ、夢香様。どうか、ゆばりを……」

光二郎は、玄庵に聞いた性癖を口にした。もちろん人真似ではなく、本心からほしいと思ったのだ。

「お飲みになりたいのですか？　お美代さんの出したものの方が、ずっと美味《おい》しいですよ」

夢香が、真上から慈愛の眼差しで言った。やはり彼と美代との関係まで、夢香は全て見抜いているのだろう。

「い、今は、夢香様のものが飲みたい……」

光二郎が言うと、夢香は尿口の位置を合わせるように僅かに股間をずらした。

「承知しました。では、咳き込まないようにゆっくり……」

夢香は言いながら息を詰め、下腹に力を入れた。すると、さすがに素破はいくらも待たせず、ゆるゆると放尿しはじめてくれたのだった。

光二郎は温かな流れを夢中で受け止め、喉《のど》に流し込んでいった。仰向けなので喉に詰まらないよう飲み込むから、味や匂いは二の次になってしまった。それでも夢香は、相当に勢いを弱めてくれているようだ。

飲み込むのに抵抗はなく、それは意外なほど淡い刺激に過ぎなかった。

量はさして多くなく、間もなく流れは治まった。あるいは夢香が、だいぶ量を制御してくれたのかも知れない。

ようやく光二郎は、夢香の出したものの味と匂いを嚙みしめることが出来た。

それは淡い汗の味に似て、匂いも実に控えめで上品な感じだった。彼は舌を差し入れ、割れ目内部に溜まった余りの雫《しずく》をすすった。

舐めているうち、たちまち淡い酸味の蜜汁の量の方が多くなり、舌の動きがぬらぬらと滑らかになってきた。

「ああ……」

夢香が喘ぎ、いつしかうねうねと腰をくねらせ、下腹を波打たせはじめた。

光二郎は夢中で舌を這わせ、オサネにも吸い付いた。

すると夢香は、彼の顔の上で身を反転させ、女上位の二つ巴《どもえ》で一物に屈み込んできた。たちまち光二郎の股間に熱い息がかかり、先端にぬらりと滑《なめ》らかに長い舌が触れてきた。

「く……」

光二郎は下から夢香の腰を抱え、陰戸に顔を埋めながら快感に呻いた。

夢香は喉の奥まですっぽり呑み込みながら、熱い鼻息でふぐりをくすぐってきた。

彼は美女の口の中で温かな唾液にまみれながら一物を震わせ、暴発しそうな高まりを紛《まぎ》らすように懸命にオサネを吸い、溢れる蜜汁を舐め取った。

やがて彼女は、充分に肉棒を濡らして高め、彼が発射してしまう寸前の頃合いを見て口を離した。

そして光二郎も舌を引っ込めると、夢香は股間を引き離し身を起こして向き直ってきた。茶臼で彼の股間を跨《また》ぎ、幹に指を添えて亀頭を膣口にあてがい、ゆっくりと腰を沈み込ませてきた。

屹立した一物はぬるぬるっと滑らかに根元まで柔肉に埋まり込み、夢香は完全に互いの股間を密着させて座り込んだ。

「ああーッ……！」

夢香が顔をのけぞらせて熱く喘ぎ、ぐりぐりと股間をこすりつけるように動かしてきた。光二郎も肉襞の摩擦と温もりに息を詰め、激しく高まりながら美女の感触に包み込まれた。

すぐに彼女は身を重ね、彼の胸に柔らかな乳房を密着させた。光二郎もしがみつきながら股間を突き上げ、溢れる蜜汁に股間をぬめらせた。

「アア……、気持ちいい、光二郎様……」

夢香が顔を寄せて囁く、熱く甘い息を弾ませながら彼の口を舐め、さらに鼻の穴から瞼《まぶた》、頬から耳まで舌を這わせてくれた。

「い、いきそう……」

光二郎は急激に絶頂を迫らせ、口走りながら突き上げを速めていった。

「いってください。私の中に、いっぱい出して……」

夢香は甘く囁きながら、自分からも腰の動きを激しくさせた。

濡れた粘膜がくちゅくちゅと湿った音を響かせ、たちまち光二郎は絶頂の快感に貫かれてしまった。

「い、いく……、アアッ……！」

光二郎は喘ぎながら、熱い大量の精汁を勢いよく美女の内部にほとばしらせた。

「ああっ！　気持ちいい……、いく……！」

噴出を感じ取ると夢香も口走り、がくがくと狂おしい痙攣《けいれん》を開始し、膣内を激しく収縮させてきた。光二郎は、美女の熱く甘い吐息を胸いっぱいに吸い込みながら、心おきなく最後の一滴まで出し尽くした。

やがて動きを弱めてゆき、彼は夢香の温もりと匂いに包まれながら、うっとりと快感の余韻に浸り込んだ。彼女も硬直を解いてぐったりと光二郎に体重を預け、耳元で荒い呼吸を繰り返した。

「良かった……」

光二郎が感謝を込めて呟き、ぴくんと内部で一物を脈打たせると、夢香も応えるようにきゅっと締め付けてから、ゆっくりと股間を引き離した。

そのまま彼女は懐紙で一物を包み込むように丁寧に拭ってくれ、自分の陰戸も手早く処理をした。

そして再び添い寝し、掻巻を掛けて温もりで包み込んでくれた。

「さあ、お眠り下さいませ。私は、光二郎様が眠ったら、そっと出てゆきますので」

夢香が甘く囁き、光二郎も心地よい疲労感の中で目を閉じた。

甘い吐息に包まれていると、また催してしまうかとも思ったが、彼は妙に安らぎを覚え、いつしか夢香に抱かれたまま深い眠りに落ちていったのだった。

四

「だいぶ落ち着かれたようですね。お顔の色も良く安心しました」

手習いの手伝いを終え、子供たちが帰ってから、光二郎は後片付けをしながら菜穂に言った。

もう美代も店へと帰り、あとは誰も来ないだろう。

「ええ、何やら慌ただしかったですが、ようやく自分を取り戻した気になりました」

菜穂も静かに答え、熱っぽい眼差しで光二郎を見た。

寅之助を失い、引っ越しをして手習いを再開し、やっと今の生活と我が身を振り返る余裕が出てきたようだった。そして同時に、そろそろ淫気の方も我慢できないほど溜まっているのだろう。

「いきなり、作蔵さんが来るようなことはありませんか」

「ええ、お店が忙しいし、用があればお美代に言付けますので」

菜穂が答える。してみると、まだ作蔵はあからさまに言い寄るようなことはしていないらしい。

「夕刻まで、ここにいても構いませんか」

「ええ、もちろん。いま戸締まりをして参りますので、どうか床を」

菜穂は、ほんのり頬を染めて言い、座敷を出ていった。

手習いには、二間をぶち抜いて使っているが、その襖《ふすま》を閉め、さらに縁側や玄関も全てぴったりと閉ざしてから戻ってきた。たとえ誰かが来ても居留守を決め込むつもりらしい。

その間に光二郎も、胸を高鳴らせながら床を敷き延べ、脇差も置いて袴を脱ぎはじめた。戻った菜穂も、背を向けて無言で帯を解きはじめた。

もうお歯黒を塗ることもなく、今の菜穂からは何やら娘に戻ったような華やかさと、大人の女の色気の両方が滲《にじ》み出ていた。

あるいは菜穂は寅之助を好いていながら、ろくに情交もできない日々の中で、夫の存在がかなり重く心にのしかかっていたのかも知れない。不幸はあったが、今はそれらからも解放されているのだろう。

たちまち光二郎は下帯まで取り去って全裸になり、菜穂の匂いの染みついた布団に横たわった。彼女も腰巻きまで取り去り、襦袢を羽織って添い寝してきた。

胸元が開き、白く豊かな乳房が迫った。

彼は色づいた乳首に吸い付き、顔中を膨らみに埋め込んで甘い肌の匂いを嗅ぎながら、もう片方も探った。

「アア……、光二郎どの……」

菜穂が目を閉じてうっとりと喘ぎ、うねうねと熟れ肌をくねらせはじめた。

後家になって、初めての情交である。彼女にとっても、生まれ変わったように新鮮な感覚だろう。

光二郎は徐々にのしかかりながら、もう片方の乳首も含んで舌で転がし、柔らかな膨らみを味わいながら念入りに愛撫した。

そして腋《わき》の下にも顔を埋め、甘ったるい汗の匂いと和毛《にこげ》の優しい感触を味わった。

菜穂の体臭がやけに懐かしく、彼は胸を満たしながら舌を這わせた。

「ああ……、くすぐったい……」

菜穂は身悶えながら彼の顔を腋に抱きすくめ、さらに濃い匂いを揺らめかせた。

光二郎は肌を舐め上げ、彼女の唇を求めた。唇を舐めて中にも舌を差し入れ、滑らかな歯並びを舐めると、彼女も前歯を開き、湿り気ある甘い息を弾ませながら舌をからめてきた。

彼は執拗に美女の口の中を舐め回し、かぐわしい吐息で胸を満たした。その間も乳房を揉みしだき、すべすべの熟《う》れ肌を撫で回していた。

長く口吸いをし、やがて顔を上げた彼は一気に菜穂の爪先へと移動し、足裏を舐めながら指の股に鼻を押しつけて嗅いだ。

「アアッ……、また、そのようなことを……」

菜穂は腰をくねらせながら喘ぎ、爪先にしゃぶりついた彼の口の中で、唾液に濡れた指を縮めた。

光二郎は充分に全ての指の股を舐めてから、もう片方にも顔を押しつけた。指の股は汗と脂に湿って蒸れ、かぐわしい匂いがたっぷりと籠もっていた。

彼は爪を嚙み、指を順々に吸い、両足とも存分に愛撫した。

そして脚の内側を舐め上げ、徐々に両膝の間に顔を進めていった。

「ああ……」

菜穂は顔をのけぞらせて喘いだ。まだ陰戸に触れていないのに、彼の顔の前で股を開いただけで、期待と羞恥に激しく感じはじめているのだろう。

光二郎は焦《じ》らすように、むっちりとした左右の内腿を舐め、時にはそっと噛み、ゆっくりと中心部に近づいていった。

見ると、黒々と艶のある茂みが震え、割れ目からはみ出した陰唇が内から溢れる蜜汁にねっとりと濡れていた。

焦らすつもりが彼自身が待ちきれなくなり、やがて彼は美しき未亡人の股間に顔を埋め込んでいった。柔らかな恥毛に鼻をこすりつけると、汗とゆばりの匂いが馥郁《ふくいく》と鼻腔を刺激してきた。

舌を這わせ、花弁の表面から徐々に内部に差し入れていくと、ぬるっとした潤いと淡い酸味が伝わってきた。舌先で滑らかな柔肉を舐め回し、膣口周辺の細かな襞を探り、内部にも浅く潜り込ませた。

そして柔肉に吸い付き、舌先で尿口を探ってから、ゆっくりとオサネまで舐め上げていった。

「アアーッ……！」

菜穂が身を弓なりに反らせて喘ぎ、張りと量感ある内腿できつく彼の顔を締め付けてきた。

光二郎はもがく腰を抱え込みながら執拗にオサネを舐め、上の歯で包皮を剥いて前歯で突起を挟み、舌先で小刻みに弾くように愛撫し続けた。

「あうう……、それ、いい……」

菜穂は声を上ずらせて言い、内腿に力を込めてきた。やはり、触れるか触れないかという微妙な愛撫よりも、菜穂は強いぐらいの刺激を望むようだった。そっとオサネを噛みながら舐め続け、時に強く吸うと蜜汁の量も格段に増し、菜穂はすぐにも気を遣りそうなほど息を弾ませ、狂おしく身悶えた。

「い、入れて……、お願い……」

とうとう菜穂が降参するように言った。

しかしまだ光二郎は愛撫を止めず、彼女の脚を浮かせ、白く豊満な尻の谷間に鼻を埋め込んでいった。両の親指でむっちりと双丘を開き、奥でひっそり閉じられている可憐な薄桃色の蕾《つぼみ》に鼻を押しつけると、秘めやかな微香が馥郁と感じられた。

彼は細かに震える襞を舐め回し、中にもぬるっと舌を押し込んで粘膜を味わい、充分に美女の肛門を愛撫した。

ようやく舌を引っ込めると、彼は左手の人差し指を濡れた肛門にゆっくりと押し込んでいった。

「あう……、な、何をしているの……」

菜穂が咎めるように言ったが、決して拒みはしなかった。

光二郎は指をずぶずぶと根元まで押し込み、滑らかな内壁をいじりながら右手の二本の指も膣口に押し込んだ。そして膣内の天井をこすりながら、再びオサネに吸い付いていった。

「あう、駄目、いっちゃう……、あぁーッ……！」

とうとう菜穂は激しく昇り詰め、全身を硬直させてがくんがくんと狂おしく腰を跳ね上げた。やはり敏感な三点を責めるのは、相当に効果的だったようだ。

「も、もう堪忍……！」

菜穂が声を絞り出すと、ようやく彼も舌を引っ込め、前後の穴からぬるりと指を引き抜いた。

「く……！」

その刺激に菜穂が呻き、舌と指が離れてもまだ硬直が解けずに痙攣していた。

肛門に入っていた指に汚れの付着はなく、爪に曇りもないが、生々しい匂いが指先にあって光二郎は激しく興奮した。膣内に入っていた二本の指の間には、攪拌《かくはん》されたように白っぽく濁った蜜汁が太く糸を引き、湯上がりのように指の腹がシワになってふやけていた。

まだ彼女が全身を強ばらせているので、光二郎は添い寝し、また甘えるようにその胸に顔を押し当てていった。

「意地悪……」

菜穂が腕枕しながら熱い息で囁き、ようやく全身の硬直を解いていった。

そして彼女は上になって彼に唇を重ね、執拗に舌をからめてから、肌を舐め下りて股間に迫っていった。

先端を舐め、喉の奥まで呑み込んで吸い、激しく舌をからめて唾液に濡らした。さらにふぐりにもしゃぶりつき、二つの睾丸を吸い、充分に舌を這わせてから、もう一度肉棒を含み、すぽんと口を離した。

「お願い、後ろから……」

すると菜穂が言い、うつ伏せになって白く豊かな尻を突き出してきたのだ。

光二郎も身を起こし、武家の女が無防備な体勢で尻を向ける姿に激しく興奮した。

膝を突いて股間を進め、後ろ取り（後背位）の体勢で先端を陰戸に押し当てていった。位置を定めて挿入していくと、

「アアッ……！」

菜穂が尻を振り、顔を伏せて喘いだ。

やはり舌と指で気を遣るとは違う、深く大きな快感が得られるのだろう。

光二郎は根元まで押し込み、滑らかな肉襞の摩擦と温もりに包まれた。

深々と完全に潜り込ませて密着すると、下腹部に豊かな尻の丸みが押し当てられて弾み、そのひんやりした感触が何とも心地よかった。

彼は内部の温もりと感触を嚙みしめ、徐々に腰を前後させはじめた。

「アア……、気持ちいい……」

菜穂は激しく喘ぎ、大量の蜜汁を溢れさせた。すると揺れてぶつかるふぐりが湿った音を立てた。

次第に勢いをつけて律動し、彼は白く滑らかな背中に覆いかぶさり、両脇から手を回して豊かな乳房をわし摑みにした。

「あうう……、もっと、強く……」

菜穂が、自らも尻を前後させながら口走った。

光二郎は動きを速め、股間をぶつけるように動きながら、指で乳首をつまみ、強く引っ張った。そしてうなじを舐め、髪の香りを嗅ぎながら耳朶にも歯を立てた。

「い、いく……、アアーッ……!」

たちまち菜穂は本格的な絶頂を迎え、全身を波打たせながら膣内をきつく締め付けてきた。その勢いに巻き込まれるように、光二郎も昇り詰め、大きな快感に全身を貫かれた。

「く……」

気を遣りながら呻き、彼はありったけの熱い精汁を勢いよく菜穂の内部に放ち、いつまでも腰を突き動かしていた……。

五

「ああ、もう菜穂さんの中の夜鷹は消えているよ。もう大丈夫だ」

翌日、玄庵が、訪ねてきた光二郎に言った。

「そうですか。それは安心しました」

光二郎も答え、肩の荷を下ろした気になった。

ただ彼と夢香とのことを、玄庵が知っていると思うと決まりが悪かった。それでもここへ来てしまうのは玄庵の人徳というか、接しているだけで大いなる安心を与えてくれる存在なのである。

「ただ、朝雲一家の残党が、どうも他国へ流れてゆこうとしているのだが、その前に行きがけの駄賃に菜穂さんを狙うかも知れん」

「え……？」

光二郎は驚いた。玄庵が言うのだから、あながち根拠のないことでもなさそうだ。

「むろん役人も気づいているだろうし、菜穂さんには陰ながら夢香を付けてあるが、四六時中というわけにもいかぬから、お前さんも気をつけていてくれ」

「は、はあ……、分かりました」

自分がついていても、何の役に立つかどうか分からないが、武士の端くれである以上、やはり全力で菜穂を守らなければならないだろう。

菜穂を襲うといっても、それはお門違いであるが、殺すより拐《かどわ》かす方が強いのではないかという気がする。美女を旅に連れていれば何かと役に立ち、自分たちの淫気の解消にもなるし、どこかで売ってしまうことも出来ると踏んでいるだろう。

本当は、破落戸たちを石飛礫で逃げられなくさせたのは夢香だが、連中はそれに気づいていないから、死んだ寅之助の妻に逆恨みしているようだった。

それにしても玄庵は、大藩の御典医に収まらず、多くのことに首を突っ込むのが好きなようだ。また、そのために菜穂や光二郎をはじめ多くの人が助かり、人望も得ているのだろう。

「ときに、学問所の方はどうか。そろそろ風当たりも収まった頃だろう」

「はい、ようやく前と同じようになってきた感じです」

「そうだろう。あとは自分の力で切り開いていくだけだな」

「はい」

光二郎は頷き、心配事が収まると、また次の心配事が出てくるものだなと思い、こうしている間にも菜穂が心配になってきた。

「では、私はこれにて」

彼は辞儀をして、玄庵の家を出た。

真《ま》っ直《す》ぐに平河町へ行き、菜穂の家に向かったが、途中で夢香に出会った。

「あ、これは……」

「菜穂様なら大丈夫です。それよりご相談が」

夢香に言われ、光二郎は一緒に菜穂の家の近所にある神社の境内《けいだい》に入った。

「破落戸のことですが、いつこちらを襲ってくるか待っているのも気が気ではありません」

「ええ……」

光二郎は、顔を寄せて囁く夢香に、股間を疼かせながら頷いた。こんな真剣な話題なのに、どうしても淫気が先に立ってしまう。それに肌寒い陽気で夢香の息が白く、ほんのり甘酸っぱく香るのだ。

破落戸の残党が襲ってくるかも知れないというのに、淫気だけは萎《な》えることがないのだから、案外自分も剛胆なのかも知れなかった。まあそれは、強い夢香がついてくれているからだろう。

「それならば、いっそこちらから誘い出して、一網打尽にしてしまいましょう」

「そのようなことが……」

「ええ、因縁の多い鮫ヶ橋で、また新たな夜鷹が勝手に客を取っているとでも噂を流せば、奴らがやってくるでしょう。連中も、早く江戸を離れたがっているようですから、今夜にでも」

「はあ……、で、私はどのような手だてを……」

「菜穂様と、暮れ六つ（日没間もなく）に鮫ヶ橋へ行って下さいませ。たまには、外でするのも良いでしょう。あとは私が。もちろん玄庵先生も役人とともに駆けつけますので」

「承知しました」

光二郎は武者震いを覚えた。夢香と、玄庵や役人たちが来てくれるのなら大丈夫だろう。いつ襲ってくるか恐れているよりも、思い切って一掃してしまった方が明日から気兼ねなく暮らせるというものだ。

夢香は、光二郎と菜穂が草むらで気楽に情交していれば良いようなことを言っているが、実際には気が気でなく、とても淫気など催せないだろう。まして破落戸や、あとから役人も来るのが分かっているから、なおさら気分を出すことなどできるわけがない。

まあ今回は囮《おとり》のようなものだから、形だけしていれば良いだろう。

「では、私は菜穂様にそのように伝えます」

「私は玄庵先生にお話しし、朝雲一家に噂を流しますので」

夢香は言い、にっこりと笑いかけてから境内を出て行った。

それを見送り、彼女の残り香を感じてから光二郎も境内を出て、菜穂の家に向かっていった。

不思議なことに、緊張や不安より淫気の方が強くなってきた。あるいは、これは光二郎の肝が据わったのではなく、かつて夢香にかけられた淫術の効果が残っているのかも知れない。

「菜穂様、実はお話が」

家を訪ねると、もう今日は手習いも終え、菜穂は彼の来訪を待ちわびているようだった。

「何でしょう。私は、早くそなたに会いたくて、気もそぞろでした」

彼女は、昨日も濃厚な情交をしたのに、もう待ちきれないようだった。そして話より、今にもすぐ戸締まりをして床を敷き延べそうになっているので、光二郎はそれを制した。

「どうかお待ちを。今日はこれから鮫ヶ橋へ行って、外でしたいのですが」

「え？　いま何と……」

菜穂が小首をかしげ、ようやく話を聞く気になったようだ。

「新川様を殺《あや》めた破落戸の残党がいるようで、それを夢香様や玄庵先生が役人を動かし、一掃しようという話が出ております。江戸を追われる腹いせに、菜穂様を襲うかも知れませんので、こちらから今宵決着を付けようということで」

光二郎は、夢香から言われたことを話した。

すると、菜穂もその気になったようだ。

「なるほど、お話は良く分かりました。私も、狙われる恐れがあるのであれば、枕を高くして寝るためにも力を合わせねばなりませんね」

彼女が、眦《まなじり》を決して言う。久しぶりに見る、菜穂の武家としての凛々《りり》しい表情であった。

すぐにも彼女は立ち上がり、小太刀を取り出した。

そして帯を解いて着物を脱ぎはじめたのだ。もちろん情交のためではない。万一を思い、今宵果てても恥ずかしくないよう肌着を新しい物に替えたのだ。てきぱきと仕度をする菜穂に、光二郎はあらためて魅せられた。

あるいは、武芸に熱中していた頃の気持ちが甦《よみがえ》ったのかも知れない。

肌が見えても、彼が淫気を催す暇《ひま》もないほど、菜穂は手早く身繕《みづくろ》いをした。

「では、このようにしましょう。鮫ヶ橋では形ばかりの逢瀬《おうせ》を楽しみ、連中を一掃したあと、ここへ二人で戻り、あらためて一夜過ごすことにいたしましょう。それで構いませぬか」

「はい。それにてお願い致します」

凛《りん》とした眼差しで言われ、光二郎も強く頷いて答えた。

すでに光二郎も、実家の方には学問所に泊まり込むからしばらく帰らないと言ってあるし、家の方でも彼のことはまるで気にしていなかった。

やがて菜穂は仕度を調え、少し刻《とき》を待ち、日が傾く頃になって一緒に平河町の家を出た。

麹町《こうじ》を抜けると、すぐに鮫ヶ橋の寂しい草っぱらが広がっていた。

誰も居らず、日暮れの空と草が赤く染まっているばかりだ。

「では、ここらで待つと致しましょうか」

菜穂も落ち着いて言い、二人は身体をくっつけるようにして草に腰を下ろした。

第五章　熟れ肌の身悶えに興奮

一

「今日は暖かいですね」

菜穂が、遊山《ゆさん》にでも来たような口調で言う。彼女も案外度胸が据わり、これからの捕り物より、淫気の方を優先しているようだった。

「ええ……、誰も来ませんね……」

光二郎も周囲を見回し、一向に朝雲一家がやってくる気配もないので拍子抜けし、このまま何事も起こらないのではと思った。

日が西の彼方に没し、影絵になった富士が美しかった。

菜穂が寄り添い、彼も顔を寄せていった。すると彼女が光二郎の頬に手を当て、唇を重ねてきた。

柔らかな感触が伝わり、甘く上品な息の匂いが鼻腔をくすぐった。

二人は口吸いをしながら同時に前歯を開いて舌を触れ合わせ、執拗にからみつかせた。光二郎は美女の柔らかく滑らかな舌を味わい、口の中を舐め回した。

「ンンッ……！」

菜穂は熱く鼻を鳴らし、彼の舌に強く吸い付いてきた。

光二郎は美女の甘い唾液と吐息に酔いしれ、激しく勃起していった。

そして舌を舐め合いながら、彼は身八口から手を差し入れ、温かな肌を探って乳首をいじった。さらにもう片方の手は裾の中に潜り込ませて、むっちりした滑らかな内腿を撫で上げた。

柔らかな茂みが指先に触れ、割れ目に添って撫でていくと、はみ出した陰唇が熱くぬるりと潤う感触を伝えてきた。

「ああ……」

菜穂が口を離し、何とも艶かしく上気した顔で喘いだ。

「駄目……、本当に力が脱けてしまいます……」

彼女が言い、光二郎も指を胸と股間から引き離した。そして割れ目をいじった指をそっと嗅ぐと、ほのかな菜穂の匂いが感じられた。

やがて暮れ六つ（日没間もなく）の鐘の音が聞こえてきた。

「夜鷹は、見知らぬ男に抱かれても、こんなに感じるのでしょうか……」

「さあ……、一期一会《いちごいちえ》なら、どんなに感じても構わないでしょうし、その方が客が喜んで馴染みになるでしょうね……」

二人は高まりながら囁き合い、なおも何度となく唇を重ねて舌を舐め合った。

すると、その時である。

いきなり草を掻き分ける足音が乱れ、濁声《だみごえ》が響いた。

「おう、そこの二人。顔を上げろい！」

言われて、光二郎はようやく今日の本当の目的を思い出した。菜穂との行為に没頭し、すっかり忘れていたのである。そして彼が鯉口を切りながら立ち上がると、菜穂も驚いて小太刀の袋の紐を解いた。

近づいてくる破落戸は、全部で五人。これが残党の全てだろう。みな長脇差《ながどす》を腰に落とし込み、凶悪な顔つきをしていた。旅仕度なので、この悶着を収めたら菜穂の家へでも出向いて襲い、そのまま他国へ行こうとしているようだった。

「なあんだ、夜鷹じゃねえな。武家の中年増に若侍か。まあいいや、乳繰り合うのはその辺にして、有り金置いてゆけ。女も貰《もら》ってゆくぜ」

先頭に立った大男が言い、いきなり長脇差を抜き放った。

「うぬ……！」

光二郎も慌てて抜刀したが、急に不安になってきた。夢香や役人たちは来ているのだろうか。

「ほほう、やる気か。いい度胸だぜ」

大男がにやりと顔を歪《ゆが》めて言うと、他の連中も含み笑いしながら一斉に抜刀してきた。菜穂も小太刀を抜いて逆手に握り、光二郎の脇に寄り添い、徐々に取り囲もうとする連中に気を配った。

「へええ、なかなかいい女だな。おう、女は斬るなよ」

大男が言う。菜穂を、連中が江戸を追われる羽目になった寅之助の妻とは気づいていないようだ。

そして大男が大上段に振りかぶり、無造作に光二郎に斬りつけてきた。

「う……！」

光二郎は息を詰めて怯《ひる》みかけたが、そのとき、ようやく援軍が来た。

「むぐ……！」

いきなり大男が脇腹を押さえて呻《うめ》き、そのまま膝を突いて崩れた。同時に、ザザーッと草を掻き分ける音がし、夕闇の中、華やかな色彩が宙を舞った。

夢香だ。町娘ふうの衣装だが、裾も振り袖もものともせず、彼女は軽々と跳躍し、驚いて振り向いた残りの男たちの顎《あご》や脾腹《ひばら》に手刀と蹴りを見舞った。

「な、なんだ！　この女……」

連中が色めき立ち、長脇差を振るうが、夢香は軽やかに身をかわしながら、素手での鋭い攻撃を続けていた。

たちまち五人全員が地を這い、光二郎と菜穂は何もしないで済んでしまった。

さらに彼方から玄庵と、捕り物装束に身を包んだ役人たちが駆け寄ってきた。

光二郎も菜穂も、そして夢香もほっと一息ついた。

その時、最初に石飛礫に倒された大男が、憤怒《ふんぬ》の形相で立ち上がり、いきなり夢香に斬りつけてきたのだ。

夢香も向き直り、余裕を持って身をかわそうとした。

「ク……！」

しかし、いきなり夢香が口を押さえて呻き、そのまま身を折るように蹲《うずくま》ってしまったではないか。その異変に光二郎は息を呑んだ。

大男が渾身《こんしん》の力で長脇差を振り下ろした。

瞬間、光二郎は右足を踏み出し、右手一本で構えた刀を夢中で男に向けて突き出していた。刃が横を向いていたため、それは見事に大男の肋骨《ろっこつ》の間から心の臓を貫いていた。

「うがッ……！」

男は奇声を発し、全身を硬直させた。

光二郎は、生まれて初めて人を真剣で攻撃し、切っ先が肉に食い込む感触に震え上がった。男は崩れ、光二郎も食い込んだ刀に引っ張られるようによろめいた。

「しっかり……！」

後ろから菜穂が支えてくれ、ようやく刀が引き抜けた。男は胸から夥《おびただ》しい血を噴出させ、小刻みな痙攣を続けた。

光二郎は尻餅《しりもち》を突き、血に濡れた刀を離すことが出来なくなっていた。

その傍らでは、青ざめた夢香が草の上に嘔吐《おうと》を続けている。菜穂が、その背をさすった。

「どうした、夢香！」

玄庵が到着し、夢香に駆け寄って言った。

役人たちは、呻いて転がっている四人を縛り上げはじめた。大男は、もう痙攣も止んで完全に絶命していた。

「どうやら、孕《はら》んだようだな……」

「え……？」

玄庵の言葉に、人を殺して震えていた光二郎も、思わず彼の顔を見た。

「むろん、わしの子だ」

玄庵は言い、ようやく吐き気の治まった夢香を支えながら立たせた。

「菜穂さん、手伝ってくれ。夢香を家まで運びたい」

「はい、では」

言われて、菜穂も玄庵の反対側から夢香を支えた。そして三人は、鮫ヶ橋の草むらから立ち去っていった。それを見送り、ようやく光二郎は震える手で懐紙を取り出して刀身を拭った。納刀しようとしたが、何しろ切っ先が震えてなかなか鯉口に入らず難儀した。

やっとの思いで刀を納めて立ち上がると、前に見た与力が彼の前に立った。

「お手柄です。ひと突きで倒すとはお見事でした」

「い、いや、生け捕りでないといけなかったのでは……？」

光二郎は、まだ声を震わせながら懸命に答えた。

「いいえ、この男は朝雲の三吉《さんきち》という凶状持ちです。何人も殺《あや》めているので獄門台は必至。江戸から逃げ出す前に始末が付けられて良かった」

与力は言い、捕り方に命じて四人を引き立て、三吉の死骸を戸板に載せて運び出した。光二郎も、今夜は帰って良いということだ。

彼は、雲を踏むような足取りで、とにかく鮫ヶ橋を出た。

実家へ帰るより、やはり約束通り菜穂の家で待つべきだろう。どうせ実家には外泊のことは言ってあるし、菜穂も夢香を送って大事なければ、すぐ帰ってくるに違いなかった。

（人を殺した……）

光二郎は、そのことが重く胸にのしかかっていた。いかに相手が極悪人だろうと、人の息の根をこの手で止めたことには違いない。剣術の苦手な自分が、まさかこのような体験をするとは夢にも思っていなかった。通うのが嫌だった道場の、どんな手練れでもまだ人を殺めたことなど無いのだ。

まだ右手には、胸を刺したときの嫌な感触が残っていた。幸い返り血は浴びていなかったが、この刀が人の血を吸ったという事実は永遠に残るのだろう。

どこをどのように歩いたかも覚えておらず、それでも光二郎は何とか菜穂の家へとたどり着いた。

まだ菜穂はいない。彼は上がり込み、座敷の隅に大小を置き、行燈の灯を入れることすら思いつかず、壁を背に座り込んでいた。

そして菜穂が帰ってきたのは、それから四半刻（約三十分）ほど後のことだった。

二

「今日は、実にお見事な働きでした。玄庵先生と夢香さんから、くれぐれもよろしくとのことでした」

行燈を点け、床を敷き延べた菜穂が言った。

「はあ……、しかし、私は人を殺めました……」

「何を塞《ふさ》いでいるのです。夢香さんを助けたのですよ。それとも、何もせず夢香さんが斬られれば良かったのですか」

叱咤《しった》するように菜穂に言われ、光二郎も顔を上げた。それは確かにそうだ。もし自分が何もせず、夢香が死んだとしたら、自分の後悔の気持ちはこんなものでは済まなかっただろう。

「そうでした。菜穂様の仰《おつしや》るとおりです。悔《く》いるべきは、何もしなかったときなのですね」

「お分かりになればよろしいです。夢香さんも悪阻《つわり》が治まって落ち着き、玄庵先生のお見立てでも、何の問題もなく順調とのことでした」

「そうですか。それは良かった……」

「だから光二郎どのは、二人の命を救ったことになるのですよ」

菜穂に言われて、ようやく光二郎の気持ちも落ち着いてきた。

「さあ、もう何も考えずに」

彼女は言い、帯を解きはじめた。すぐにも、鮫ヶ橋の草むらの続きを行ないたいのだろう。

光二郎も、人殺しや夢香の妊娠など、色々なことがあって混乱気味だったが、今は菜穂の肉体に溺《おぼ》れようと、自分も袴を脱ぎはじめた。

たちまち二人とも全裸になり、布団の上でもつれ合った。やはり菜穂の方が激しく求め、上からのしかかりながらぴったりと唇を重ねてきた。

舌がからまると光二郎は美女の甘い唾液と吐息を感じ、萎《な》えていた一物が徐々に反応してきた。もうここは戦場ではないし、それに夢香を救えたという喜びが湧き上がってきたのだ。

彼は口移しに注がれる生温かな唾液で喉を潤し、夢中で菜穂の舌を吸った。乳首を含むとやがて菜穂は口を離し、自ら豊かな乳房を彼の顔に押しつけてきた。

顔中に柔らかな膨らみが密着し、肌の匂いが濃く漂った。

「ああ……、いい気持ち……、もっと強く吸って……、嚙んでもいい……」

光二郎が乳首を舌で転がすと、菜穂がうねうねと身悶えながら口走った。

彼は激しく吸い付き、軽くこりこりと前歯で挟んで刺激した。

「アアッ……！」

菜穂は激しく喘ぎながら、徐々に仰向けになってゆき、逆に光二郎がのしかかる形になっていった。

もう片方の乳首も吸い、軽く嚙み、小刻みに舌先で弾いた。

そして胸の谷間に顔を埋め、汗ばんだ肌の匂いを胸いっぱいに吸い込み、さらに腋の下にも顔を押しつけて、和毛《にこげ》に鼻をこすりつけながら、いつになく濃く甘ったるい体臭で胸を満たした。

やはり鮫ヶ橋で、普段と違う状況を体験し、全身はすっかり汗ばんでいるのだ。

光二郎は熟れ肌を舐め下り、腰から太腿へ移動し、さらに脚をたどっていった。

足裏を舐め回し、指の股に鼻を割り込ませると、ここも濃厚に蒸れた芳香がたっぷりと籠もっていた。

「あう……、駄目……」

菜穂が腰をくねらせて喘いだ。駄目と言いながら拒みはせず、やがて爪先を含むと唾液に濡れた指先で、彼の舌をきゅっと挟みつけてきた。

光二郎は両足とも満遍なく味わい尽くし、ようやく脚の内側を舐め上げて顔を股間に進めていった。

彼女も期待と興奮に息を弾ませながら、自ら両膝を全開にしてくれた。

滑らかな内腿を舐め上げていくと、中心部から発せられる熱気と湿り気が顔中に吹き付け、悩ましい匂いが渦巻いているようだった。

彼も待ちきれず陰戸に迫り、すでに大量に蜜汁を溢れさせている割れ目に顔を埋め込んでいった。

柔らかな茂みが鼻をくすぐり、隅々に籠もった女の匂いが馥郁と鼻腔を掻き回してきた。汗とゆばりの匂いが入り混じり、舌を這わせるととろりとした蜜汁が淡い酸味を伝えてきた。

「アアッ……、いい気持ち……」

菜穂が顔をのけぞらせて言い、離さぬよう、むっちりと内腿で彼の顔を締め付けてきた。光二郎は舌を差し入れて柔肉を舐め回し、突き立ったオサネを念入りに刺激した。さらに脚を浮かせ、可憐な薄桃色の蕾にも鼻を埋め込んで微香を嗅ぎ、舌を這わせてから内部にも潜り込ませた。

「く……」

菜穂が、拒むようにきゅっと締め付けてきた。

光二郎は滑らかな内壁を充分に味わってから舌を抜き、新たに溢れた蜜汁をすすりながら、再び割れ目を舐め、オサネに吸い付いていった。

「あうう……、駄目、いきそう……。私も、舐めたい……」

菜穂がくねくねと身悶えながら言い、光二郎も身を起こしていった。

「跨いで……」

彼女が言うので、光二郎も菜穂の豊満な乳房に跨った。内腿と股間に熟れ肌が密着し、何とも申し訳ないような快感が突き上がってきた。

菜穂は両手で乳房を寄せ、左右から一物を挟み付けてきた。

柔肌の温もりと柔らかな感触に包まれ、彼自身は最大限に膨張していった。

すると菜穂は、乳房の谷間に肉棒を挟みながら顔を上げ、顔を覗かせる亀頭に舌を這わせてきた。

「ああ……」

　光二郎は快感に喘ぎ、乳房の間で一物を上下に震わせた。

　菜穂は熱い息で彼の股間を刺激しながら、張りつめた亀頭を念入りに舐め、さらにすっぽりと呑み込んでいった。

乳房の圧迫を解かれると、彼も股間を押し進めながら菜穂の喉の奥まで押し込んでゆき、唾液にまみれながら口腔の温もりと感触を味わった。

「ンン……」

菜穂は頬張りながらうっとりと鼻を鳴らし、口の中では執拗に舌をからみつかせていた。そして上気した頬をすぼめて強く吸引し、さらに口を離してふぐりにも真下からしゃぶりついてきた。

やがて光二郎は急激に高まり、充分に唾液に濡らしてもらってから再び菜穂の股間へと戻っていった。一物を進め、先端を膣口に押し当てながら、本手（正常位）でゆっくりと挿入した。

「アアーッ……！　光二郎どの……」

菜穂が身を弓なりに反らせて喘ぎ、両手を伸ばして彼を抱き寄せてきた。

彼も深々と貫き、肉襞の摩擦に包まれながら股間を密着させ、抱き寄せられるまま熟れ肌に身を重ねていった。

胸の下で豊かな乳房が弾み、根元まで潜り込んだ一物はきゅっと心地よく締め付けられた。

「ああ……、何て、気持ちいい……。突いて、強く、奥まで……」

菜穂が下からずんずんと股間を突き上げ、彼の背に爪を立ててきた。

光二郎は美女の甘い吐息を嗅いで高まり、激しく腰を突き動かしはじめた。

大量の淫水が二人の股間をぬめらせ、卑猥《ひわい》な音を立てながら互いに股間をぶつけ合った。

「い、いく……、ああーッ……！」

たちまち菜穂は声を上ずらせて口走り、がくんがくんと彼を乗せたまま激しく腰を跳ね上げはじめた。同時に膣内の収縮も高まり、その快楽の渦に巻き込まれて、光二郎も昇り詰めてしまった。

「く……！」

彼も小さく呻き、突き上がる快感に身悶えながら、ありったけの熱い精汁を勢いよく内部にほとばしらせた。

「アア……、熱い……」

菜穂は噴出を感じ取り、脈打つ肉棒をきつく締め上げてきた。

やがて最後の一滴まで出し尽くし、光二郎は徐々に動きを弱めていった。

彼女も全身の強ばりを解きながら、満足げに力を抜いて身を投げ出した。彼は菜穂に体重を預け、熱く甘い息を嗅ぎながら快感の余韻に浸り込んだ。

光二郎は適当なところで降りようと思ったが、菜穂が両手を離さず、しばし二人は重なったまま荒い呼吸を繰り返していた。

「私も、ほしい……。夢香さんのように……」

と、菜穂が呟くように言った。

「え……、しかし……」

「これが、孕めば良いのに……」

菜穂は言いながら、またきゅっと膣内を締め付けてきた。

もちろん孕むか孕まぬかは神のみぞ知ることだが、光二郎には、あまり実感の湧かないことであった。菜穂だって、子を持ったらさらに日々の暮らしが大変になってしまうだろう。

しかし両親は、菜穂と所帯を持つことに反対しないかも知れない。確かに菜穂は光二郎より五歳上だし、改易になった不祥事のある後家だ。しかし部屋住みで用無しの彼なら逆に自由だし、菜穂と夫婦になることで学問所の風当たりが生じるとも思えなかった。

これは、少し時間をかけて考えてみようと彼は思った。

いや、あまり悠長にしていられないかも知れない。とにかく作蔵が菜穂を自分のものにしてしまう前に、はっきり菜穂と話し合っておく必要があると思った。

三

「どうも、最近おとっつあんの様子が変なんです」

美代が言った。

手習いの帰り、光二郎は彼女を送っていくという口実で、また待合いの密室に入ってしまったのである。

「変とは？」

光二郎は、美少女に淫気を向けながらも話を聞いた。何しろ彼にとっても、作蔵の動静は気になるところだったからだ。

「何となくそわそわして、私にも何かと菜穂様のことばかり訊いてくるんです」

「そうか。で、こっそり菜穂様の家に出向くようなことは？」

「それは、まだないと思いますけれど……、そういうことも、これからあるんでしょうか……」

美代が不安げに言った。

まあ作蔵は金も地位もある大店《おおだな》の旦那だし、美代ももう大人の事情を少しは理解するだろう。可哀想だが本当のことなのだから、光二郎も切り出し、彼女を味方に付けておくことにした。

「それは、作蔵さんほどの人になれば、お妾の一人や二人ぐらい持ちたいだろう。まして、武家の女となればなおさら」

光二郎は、美代の顔色を窺いながら切り出した。

「そ、そんな……、では、おとっつあんはそんな気持ちで、菜穂様に家をお世話したのですか……」

美代は悲しげに言った。理屈では、世の中にそうしたことが多くあると知っていても、実の父親となると、やはり嫌なのだろう。まして菜穂は、美代にとっても世話になり、尊敬する師匠である。

「そうでないとは言えないだろうな。でも、お美代が嫌なら手だてはある」

「はい。私は嫌です。でも、もし言い寄られたら、菜穂様はどうなさいますでしょうか……」

「うん、寄る辺のない人だから、あるいは世話になってしまうかも。でも嫌だったら家を出てしまうかも知れない。今は、どちらとも分からない」

「せっかく落ち着かれたところだし、他に行くところなど、難しいと思います。ですから何としても、おとっつあんには諦めてもらいますので」

美代が勢い込むように言った。

「そうだな。お前のおっかさんも可哀想だし、美代が説得すれば作蔵さんも断念するだろう」

光二郎は言いながらも、夢香の話を思い出していた。

女は強いものへ身を寄せたがる。それが自分の身の安全と安心のためなのだ。その上で、たまに光二郎との逢瀬も続けられる。

今と、さして変わらぬ生活になるのだが、それでも光二郎はやはり菜穂が他の男に抱かれることを思うと、穏やかな気分にはなれなかった。

もっとも、光二郎だって菜穂一筋に思い続けているくせに、美代や夢香とも情交しているのだ。

しかも何より作蔵の大切な美代の初物を戴いてしまっているのに、作蔵には何もさせぬというのは、何とも身勝手な話かも知れない。まして光二郎は無力で金もないのである。

「はい。では、いよいよおとっつあんが菜穂様に言い寄るようなことがあれば私が引き留めます。私の言うことなら、おとっつあんも聞いてくれると思いますので」

「ああ、それが良いかも知れないな。おっかさんに気づかれぬように。それから角《かど》が立たぬようにな。作蔵さんも、そうした気持ちに娘から水を差されるのも辛《つら》いところだろうからな」

「ええ、わかりました」

美代は頷き、話を切り替えるように熱っぽい眼差しを向けてきた。父親が菜穂を囲いたがっているという話は衝撃的だったようだが、まだ実際に行なわれたわけではないのだ。それよりも彼女は、今このときの逢瀬を楽しみたいのである。

光二郎の方も、これだけ言っておけば、あとは美代が上手くやってくれるだろうと踏み、淫気に専念することにした。

抱き寄せて唇を求めると、美代もうっとりと長い睫毛《まつげ》を伏せて顔を寄せてきた。

唇を重ね、弾力ある感触を味わいながら、光二郎は美少女の甘酸っぱい息の匂いに酔いしれた。

舌を差し入れると、美代もすぐに前歯を開いて受け入れ、滑らかな舌を触れ合わせてきた。光二郎は執拗に彼女の口の中を舐め回し、とろりとした生温かな唾液を味わった。

心ゆくまで唾液と吐息、唇と舌の感触を堪能すると、彼は口を離した。

「ああ……」

美代が小さく喘ぎ、力が脱けたようにもたれかかってきた。

光二郎は、とにかく彼女の帯を解きはじめた。まだ横になられては困るのだ。

彼女も気を取り直し、途中から自分で脱ぎはじめた。足袋《たび》を脱いでから立ち上がって着物を脱ぎ、襦袢を開いて腰巻きを取り去った。

その間に光二郎も手早く下帯まで解いて全裸になってしまい、先に布団に仰向けになった。

そして美代が添い寝しようとすると、

「待って。してほしいことがあるのだ。顔を跨いでほしい」

光二郎は言って彼女の手を握り、そのまま顔の方へと引っ張った。

「え……、そ、そんなこと出来ません……、どうか堪忍……」

美代は文字通り尻込みしたが、光二郎は強引に引き寄せ、とうとう顔に跨らせてしまった。

「あん……！」

美代は完全に跨いでしゃがみ込み、がくがくと足を震わせた。

光二郎は下から美少女の腰を抱え込んで押さえつけ、すでに潤いはじめている陰戸に迫った。

若草に鼻を埋め込むと、いかにも小娘らしく汗よりもゆばりの香りが濃く、その刺激が激しく一物に伝わってきた。舌を割れ目に這わせ、張りのある陰唇の内側へ差し入れていくと、ぬるりとした柔肉に触れた。

花弁状に入り組む膣口の襞を舐め、つんと突き立ったオサネまで舐め上げると、

「アアッ……！　こ、光二郎様……」

美代がびくっと肌を強ばらせ、激しく喘ぎながら口走った。

最も敏感な部分への刺激と、何しろ武士の顔に跨っているという状況に美代は激しく身悶えていた。

厠の格好でしゃがみ込んでいるため、開かれた陰唇の奥からは柔肉が迫り出すように覗き、内腿も脹ら脛《はぎ》もむっちりと張りつめていた。

「なあ、お美代。このまま、ゆばりを放ってくれないか」

「え……？」

跨ったまま、美代はまたびくりと股間を震わせた。

「どうしても、可愛いお前の出すものを飲んでみたいのだ」

「い、いけません。そんなもの、毒です……」

「そんなことはない。女の出したものは薬になるのだと玄庵先生が言っていた。さあ辛抱して出してくれ」

そんなこと玄庵は言っていないが、とにかく彼は逃げないよう美代の腰を抱え込んだまま、執拗に割れ目に吸い付いた。

「アア……、駄目です。吸ったら、出てしまいます……」

美代が言い、柔肉を蠢《うごめ》かせた。

美代も彼が執拗に吸っていると、彼女も、しなければ終わらないと悟ったようで、強ばった下腹をややゆるめてきた。

「し、知りませんよ……。本当に出てしまいます……、あぁッ」

彼女が喘ぎ、とうとう彼の口にちょろりと温かな水流がほとばしってきた。

「く……！」

美代は、慌てて止めようとしたが、流れは勢いを増して彼の口を満たしてきた。光二郎は夢中で飲み込み、その抵抗のなさに驚いていた。夢香のものより味も匂いも淡く、ほのかな香りを含んだぬるま湯のようだった。

「ああ……」

ゆるゆると放尿しながら、美代は夢の中にいるかのように朦朧とした様子で喘いでいた。

光二郎は咳き込まないよう少しずつ喉に流し込んだ。量も勢いもあまりなく、やがて流れは治まってしまった。光二郎はあらためて淡い残り香と味を堪能し、びしょびしょに濡れた割れ目内部を舐め回し、余りの雫をすすった。

「アアッ……！」

美代は、とうとう声を洩らして彼の顔の上に突っ伏してしまった。

光二郎は下から這い出し、あまりのことにぐったりとなってしまった美代の足に顔を寄せていった。

足裏を舐め、可愛い匂いの籠もった指の股の湿り気をしゃぶり、両足とも満遍なく味わってから、横向きに身体を縮めている美少女の脹ら脛から太腿へと舐め上げていった。

尻の丸みをたどり、谷間に顔を埋め込むと、柔らかな弾力が顔中に密着してきた。

可憐な薄桃色の蕾に鼻を押しつけると、秘めやかな微香が籠もり、舌を這わせると細かな襞が震えた。

「あう……」

舌を肛門に潜り込ませると、美代が小さく呻いて蕾を引き締めてきた。

光二郎は内壁のぬるっとした粘膜を舐め回し、再び股間を開かせ割れ目を舌で探った。すでにゆばりの味と匂いはなく、割れ目には新たな大量の蜜汁が、熱くねっとりと溢れていた。

四

「ああ……、光二郎様……。私、変になりそうです……」

添い寝していくと、美代が光二郎の顔を胸に抱きすくめながら言った。

彼は美少女の白い胸に顔を埋め、甘ったるい汗の匂いを嗅ぎながら桜色の乳首に吸い付いていった。

「う……！」

美代が呻き、抱く腕に力を込めた。

柔らかな乳房の谷間には甘い体臭が、上からは湿り気ある果実臭の息が鼻腔をくすぐり、光二郎は激しく勃起しながら美代の左右の乳首を交互に吸った。

さらに腋の下にも顔を埋め、濃厚な汗の匂いに陶然となりながら、楚々《そそ》とした腋毛に鼻をくすぐられた。

そして美少女の匂いを充分に堪能すると、やがて彼は仰向けになって美代を押し上げていった。

「さあ、上に……」

言うと、美代ものしかかるように彼を見下ろして顔を近づけてきた。

口を求めると、彼女もぴったりと唇を重ね、舌をからめてくれた。

「唾《つば》を、もっと……」

触れ合ったまま囁くと、美代は懸命に唾液を溜め、とろとろと口移しに注ぎ込んでくれた。ゆばりを飲まれるよりは、ましと思ったのかも知れない。

光二郎は、生温かくとろりとした唾液で喉を潤した。細かに弾ける小泡の一つ一つに、美少女の甘酸っぱい息の匂いが含まれているようだった。

「嚙んで……」

囁くと、美代もそっと彼の唇に歯を立ててくれた。その甘美な刺激は、堪らなく心地よかった。

「ここも……」

光二郎は彼女の顔を胸まで移動させ、乳首を舐めさせながら言った。

美代は熱い息で肌をくすぐりながら、そっと乳首を舐め、歯を当ててきてくれた。

「もっと強く……」

「だって、痛いですよ……」

美代がためらいがちに言う。

「良いのだ。可愛いお美代に、もっと強く嚙まれたい……」

言うと、彼女はさっきより力を込めて嚙んでくれた。愛くるしい美少女が、懸命に力を入れて歯を食い込ませてくるのは、実に心地よく、甘美な刺激が全身に広がっていった。

「ああ、気持ちいい……、もっと強く……」

光二郎が喘いで言うと、遠慮がちだった美代もさらに強く嚙んだ。

彼はもう片方も乳首から脇腹まで嚙ませ、さらに彼女を股間に移動させ、内腿にも綺麗な歯を食い込ませてもらった。

「ここだけは噛まないように」

やがて彼女の顔を股間に迫らせて言うと、美代は熱い息を吐きかけながら先端に舌を這わせてきた。

「ああ……、いいよ、すごく……」

光二郎は快感にうっとりしながら言い、手足を投げ出して美少女の愛撫に身を委《ゆだ》ねた。

美代も鈴口を丁寧に舐めて粘液を拭い、亀頭を含んで吸い付いてきた。

さらに股間を突き上げると、彼女も精一杯頰張って喉の奥まで呑み込み、温かく清らかな唾液で一物を心地よく浸してくれた。

内部ではちろちろと舌が蠢いてからみつき、熱い鼻息が恥毛をくすぐった。

先端が喉の奥の肉に触れているため、やがて美代は苦しげに吸い付きながらすぽんと口を離し、今度はふぐりを念入りに舐め回してくれた。二つの睾丸を交互に吸っては舌で転がし、袋全体を唾液にまみれさせた。

そしてもう一度幹の裏側を舐め上げ、再び一物を口に含んで吸い、すぽすぽと濡れた唇で上下に摩擦してくれた。これらも、光二郎が悦ぶので今までにごく自然に覚えた愛撫であろう。

激しく高まった光二郎は、暴発する前に彼女の手を引き、口を離させた。

「さあ、上から跨いで入れてくれ……」

身体を上に押し上げながら囁くと、美代は跨ぐことにためらいながらも、ようやく上になってきた。彼も下から先端を陰戸に押し当て、股間を突き上げた。

「あぁッ……！」

美代も腰を沈み込ませて喘ぎ、たちまち肉棒はぬるぬるっと美少女の柔肉の奥へと没していった。

股間が密着し、美代は完全にぺたりと座り込んだ。光二郎は美少女の温もりと感触を味わい、きつく締め付けてくる内部でひくひくと一物を震わせた。

やがて彼女を抱き寄せると、美代もゆっくりと肌を重ねてきた。

「痛いか……」

「いいえ……、大丈夫です……」

囁くと、美代は健気に答え、熱くかぐわしい息を弾ませた。

光二郎はしっかりと抱きすくめ、触れ合う肌の感触と温もりを堪能しながら、徐々に股間を突き上げはじめた。熱く濡れた肉襞が何とも心地よい摩擦を伝え、彼は急激に高まっていった。

「アア……」

「済まない。少しの辛抱だからな」

「平気です、もっと強く……」

　美代が答え、自らも腰を突き動かしてきた。まだ快感というわけではないのだろうが、痛みよりは一体となった満足が強くなってきたのかも知れない。

どちらにしろ、まだ気を遣ることはないだろうから、彼も長く保たせる必要はなかった。だから遠慮なく高まり、美少女の甘酸っぱい息を嗅ぎながら舌をからめ、律動を続けていった。

「く……！」

やがて大きな快感のうねりが光二郎を包み込み、たちまち彼は昇り詰めていった。

「ああッ……！　光二郎様……」

内部に勢いよく精汁をほとばしらせると、美代も声を震わせて肌を波打たせた。噴出と直撃は分からないまでも、肉棒の脈打ちで彼が気を遣ったことを知り、その悦びが伝わったようだった。

光二郎は快感に身を震わせ、ありったけの熱い精汁を最後の一滴まで美代の中に出し切り、徐々に動きを弱めていった。

彼女も次第に硬直を解き、遠慮なくぐったりと体重を預けてきた。

彼は愛らしい美代の顔を間近に見つめ、ぷっくりした唇から吐き出される果実臭の息を嗅ぎながら、うっとりと快感の余韻を味わった。まだ内部では肉棒が脈打ち、美代の締め付けも続いていた。

すると美代が、すぐにも上から離れようとするので、光二郎は抱きすくめて離さなかった。

「ああ……、重いでしょう……」

「良いのだ。しばらくこのままで……」

彼は答え、全身に美少女の温もりと重みを感じながら、互いに熱い吐息を混じらせてじっとしていた。

そして、ようやく呼吸を整えると、美代もゆっくりと股間を引き離してきたので、彼はそのまま隣に添い寝させた。光二郎が身を起こし、桜紙で陰戸を拭ってやると、もう出血はなく、陰唇も柔肉も大量の蜜汁に混じって逆流する精汁にまみれているだけだった。

「あ……、自分で致します……」

「いい、じっとしていてくれ……」

光二郎は答え、丁寧に割れ目を拭いてやり、自分の一物も手早く処理してから再び添い寝した。

「光二郎様は、いつか菜穂様とご一緒になるのでしょうか……」

ふと、美代が彼の胸に顔を埋めながら言った。幼いながら、女の勘でそのように思ったのかも知れない。

「先のことは分からないよ。誰にも……」

光二郎は、美代の甘い髪の香りを嗅ぎながら答えた。

五

「先日はお助け下さり、本当に有難うございました」

久々に実家へ帰り、離れで光二郎が寝ようとしていたところへ、いきなり夢香が訪ねてきた。

「あ、もう動いても大丈夫なのですか」

彼は驚き、夢香を迎え入れた。顔色も良く、もちろんまだ下腹には何の兆しも見て取れない。

「はい、だいぶ落ち着きました。それにしても、何という不覚を」

夢香が恥じ入るように言ったが、光二郎はあらためて彼女と腹の子を助けることが出来たことを嬉しく思った。そしてもちろん、今では破落戸を殺めた後悔などは霧散していた。

「私も夢中でしたが、夢香様に大事が無くて本当に良かったです。では、私と出会ったときには、もう玄庵先生の子種を宿していたのですね」

「はい、おそらく」

夢香は、笑みを含んで頷いた。孕んだと知ると、野趣溢れる整った顔に何やら神々しいような輝きさえ感じられるような気がした。

「江戸でお産みになりますか。それとも」

「ええ、もう少し落ち着いたら、姥山《うばやま》へ帰ろうと思います」

光二郎の問いに、夢香は静かに答えた。

「姥山とは、小田浜藩の領内にある素破の里ですか」

「はい。城下の西の山中にございます」

「それは、名残惜《なごりお》しいですね」

「私もです」

夢香が顔を上げると、光二郎は激しい淫気を覚えた。しかし腹の子のためにも無理はさせられないし、挿入は控えた方が良いだろう。

すると彼女も、彼の淫気を察したように帯を解きはじめた。最初から、そのつもりで来ていたのだろう。

「お口でもよろしいですか」

「ええ、もちろん」

彼女の言葉に激しく興奮し、光二郎は答えながら自分も寝巻きを脱ぎ去った。

やがて夢香が一糸まとわぬ姿になって布団に横たわり、光二郎も全裸で添い寝していった。

乳首も乳輪も初々しい薄桃色のまま、臍も下腹部もまだ何の変化も見当たらなかった。この中に、新たな生命が息づいているとは、正に神秘と言うほかなかった。

光二郎は、やがて赤子が吸い付くであろう乳首を含み、そっと舌で転がしながら滑らかな腹を撫で回した。

左右の乳首を交互に吸い、肌の匂いを求めて腋に顔を埋め、和毛に鼻をくすぐられながら甘ったるい汗の匂いを胸いっぱいに吸い込んだ。そして柔肌を舐め降り、脚を舌でたどり、足裏と指の股にも鼻と口を押しつけた。

ほのかな匂いと蒸れた湿り気が籠もった指の股を舐め、やがて彼は腹這いになって夢香の股間に顔を埋め込んでいった。

彼女も、僅かに立てた両膝を自ら全開にしてくれ、濡れた陰戸を丸見えにさせた。

光二郎は柔らかな茂みの丘に鼻を押しつけ、甘ったるい汗の匂いを吸い込みながら舌を這わせた。

「ああ……」

夢香が喘ぎ、張りつめた下腹をひくひくと小刻みに波打たせた。

光二郎は陰唇の内側を舐め、膣口からオサネまでを舌で探り、淡い味わいを堪能した。

あと何回、夢香の陰戸を舐められるのだろうか。

さらにそっと脚を浮かせ、白く丸い尻の谷間にも鼻を埋め、可憐な蕾に籠もる微香を嗅いだ。舌を這わせ、表面の襞から内部の粘膜まで味わい、やがて彼女の前も後ろも心ゆくまで堪能した。

彼は仰向けになり、夢香の唇を求めた。

「今は悪阻《つわり》の合間で、生唾が多いです……」

「飲みたい。全部……」

囁くと、彼女は上から唇を重ねてきてくれた。熱く湿り気ある息は、いつになく甘酸っぱい匂いが濃く、言ったとおりすぐにも生温かな唾液がとろとろと口移しに注がれてきた。

それは通常よりも小泡が少なくて粘り気が増し、胃の腑の液が混じっているかのように、うっすらと甘酸っぱい味覚が含まれていた。

彼は嬉々として喉を潤し、夢香に舌をからめた。

彼女も遠慮なく流し込みながら彼の肌を撫で回し、そっと強ばりを探ってくれた。

ほんのり汗ばんで柔らかな手が幹を包み込み、指先が鈴口の少し裏側の、最も感じる部分を刺激してくれた。

「アア……、気持ちいい……」

口を離して彼が喘ぐと、夢香はそのまま彼の鼻の穴を舐め、頬から耳へと舌を移動させ、耳の穴までくちゅくちゅと舐めてから首筋をたどり、乳首に歯を立ててきてくれた。

光二郎は甘美な快感にクネクネと身悶え、美女の手のひらの中で激しく高まっていった。夢香も、彼の左右の乳首を充分に愛撫し、やがて肌を舐め降りて股間に向かっていった。

光二郎は身構えるように大きく息を吸い込み、夢香の目の前で股を開き、快感への期待に身を震わせた。

夢香は指を離し、彼の腰を抱えながら先端に舌を這わせはじめた。

さすがに、彼女は男の快感のことをよく知っていた。ときに女は、指で幹やふぐりをいじりながら肉棒をしゃぶることがあるが、それだと集中できないのである。むしろ口だけの愛撫にした方が気が紛れず、いかにも美女の口に含まれているという実感が湧いて感じるものだった。

彼女は鈴口を丁寧に舐めてから幹をたどり、ふぐりを舐め回して睾丸を吸い、再び肉棒を舐め上げてきた。そして張りつめた亀頭をしゃぶり、たっぷりと唾液に濡らしながらすっぽりと喉の奥まで呑み込んでいった。

「ああ……、夢香様、どうか顔を……」

快感に身悶えながら光二郎が言うと、夢香は一物をくわえたまま身を反転させ、女上位の二つ巴《どもえ》の体勢になって、仰向けの彼の顔に跨ってきてくれた。

彼は下から夢香の腰を抱えて引き寄せ、再び割れ目に舌を這わせた。

内部には新たな蜜汁が溢れ、彼の口にトロトロと滴《したた》ってきた。

光二郎は夢中で割れ目を舐めながら、すぐ鼻先にある可憐な蕾を見つめて高まっていった。

夢香の向きが変わったので、熱い鼻息が唾液に濡れたふぐりをくすぐり、内腿の間に籠もった。

さすがに彼女はオサネを舐められていても集中力を乱すことなく、丁寧に舌をからめて吸い、口による摩擦も忘れなかった。

「茶臼で情交するように、喉の奥まで突いて構いませんので」

彼女が口を離して言い、すぐにまた喉の奥まで呑み込んだ。悪阻の時期で苦しいだろうに、そこは淫術を心得た素破だからものともしないのだろう。

光二郎も、情交できない代わり言葉に甘え、ずんずんと股間を突き上げて摩擦快感を強くしていった。

夢香は決して歯を当てることなく、長い舌と濡れた唇、熱い息と吸引を駆使して濃厚な刺激を与え続けてくれた。

たちまち光二郎は、大きな快感のうねりに巻き込まれていった。

「く……！」

彼は夢香の股間に顔を埋め、その悩ましい匂いに包まれながら呻いた。同時に熱い大量の精汁を思い切りほとばしらせ、夢香の喉を強く刺すように股間を突き動かし続けた。

「ンン……」

喉の奥を熱い精汁に直撃され、夢香は小さく呻きながらも舌の蠢きと吸引を止めなかった。そして噴出する精汁を吸い、強烈な愛撫を続けながら少しずつ喉へ流し込んでいった。

「アア……」

陰戸から口を離し、光二郎は喘いだ。夢香がごくりと飲み込むたび口の中がキュッと締まり、余りの精汁が湧き出た。

やがて光二郎は心おきなく最後の一滴まで出し尽くし、ようやく全身の強ばりを解いてぐったりと力を抜いていった。

夢香も全て飲み干してから、ちゅぱっと軽やかな音を立てて亀頭から口を離した。そして再び幹を握ってしごき、鈴口から滲む余りの精汁をちろちろと丁寧に舌先で舐め取ってくれた。

その刺激に、射精直後で過敏になっている亀頭がひくひくと震えた。

ようやく夢香は顔を上げ、彼の顔の上から股間を引き離して向き直った。そして添い寝しながら搔巻を掛け、優しく腕枕してくれた。

「とても良かったです。有難うございました……」

光二郎は夢香の胸に抱かれながら言い、かぐわしい息の匂いと温もりに包まれながら、うっとりと快感の余韻を味わった。

「さあ、このままお休み下さいませ」

夢香が囁《ささや》き、そっと彼の月代を撫でてくれた。彼が寝入ったら、そっと抜け出すつもりなのだろう。

「またこのように、一緒に寝ることは出来るでしょうか……」

「ええ、もちろん。今しばらくは江戸におりますので」

心細げな光二郎の問いに、夢香が優しく答えた。

まったく、夢香でも菜穂でも、誰に抱かれても安らぎを感じ、光二郎は自分で、目の前にいる女の全てに心を奪われてしまうたちなのだなと思った。

「それより、菜穂様とご一緒になるのではありませんか？」

「え？　そうした気でいることが、お分かりになりますか……」

夢香に言われて、光二郎は驚いた。そう言えば、美代も同じようなことを言っていたのだ。

「はい。お似合いと思います。そうすれば、作蔵さんもきっぱりと諦め、応援してくれる側になりましょう」

彼女に言われ、光二郎も次第に本気で菜穂とのことを考えはじめた。

しかし、夢香に抱かれながら別の女と所帯を持つことを思うのも身勝手なものだ。

「もちろん玄庵先生もお力になって下さるでしょう」

「はあ、有難いことです。本気で考えてみたいと思います」

光二郎は答えながら、死んだ寅之助は、このことをどう思うだろうかと気になってしまった。

第六章　麗しき美女の蜜は熱く

一

「もう大丈夫です。おとっつあんも諦めたようですので」

美代が、笑顔で光二郎に言った。また手習いのあとの待合いである。

「そうか。どのような成り行きになったのだ？」

光二郎も、安心して訊いた。菜穂のことが解決すれば、今日も美代との淫気に専念できる。

「ええ、おとっつあんが頭の上がらない叔父《おじ》様たちが来て、たしなめてくれました。お武家の女を隠居所に住まわせ、良からぬことを考えているのではないかって問い詰めて」

「ほほう……」

「おとっつあんもだいぶ困っていたようで、私もその時、もしそんなことをしたら婿《むこ》なんか取らず家を出るって脅してやりました」

「そうか。では落着なのだな」

光二郎は言いながら、作蔵にも気の毒したと思った。多大な好意で菜穂の生活を安定させてくれ、それで何も出来ず手ひとつ握れなかったのだ。親戚たちも、そろそろ作蔵がそんな気になりそうだと察して釘を刺してくれたのだろう。

「はい。おっかさんもその場にいたので、今後何かあってもすぐばれるでしょうから何も出来ないに決まっています。ただ」

「ただ、何なのだ？」

「その代わりというのではないけれど、おとっつあんの決めた婿を取ることになってしまいました」

「そ、そうなのか……」

光二郎が驚いて彼女を見ると、美代の笑顔が少し曇った。

「ええ、仕方ないですね。私は光二郎様が好きだけれど、所詮は一緒になれないのですから……」

「相手はどのような男だ？」

美代の言葉を逸らし、光二郎は訊いた。

「前からの知り合いで、駿河屋《するが》という廻船問屋の次男坊です。卯之助《うのすけ》という優しい人で、私より三つ上の二十歳。祝言は、来月の吉日にもということになってしまいました」

「それは急なことだな……」

光二郎は言い、あと何度、美代に会えるだろうかと思った。

「婿が来れば、家業を教え込むのにおとっつあんも忙しくなるから」

「なるほど、菜穂様どころではなくなるか」

「はい。だから光二郎様とも、なかなかお会いできなくなります」

「なかなかって、婿を取ってからも会ってくれるのか……」

彼は、美代の言葉に顔を上げた。

「もちろんです。手習いのお手伝いはできなくなるけれど、何かの折りに外に出るようなことがあれば、またここでお目にかかりたいです」

「それは嬉しい」

言葉だけのことにしても、それは光二郎の心を明るくした。

しかし今はその気でも、実際は難しいだろう。若女将《わかおかみ》となればなかなか外へも出られなくなるし、子でも出来ればなおさらだ。それに何より、夫への後ろめたさが先に立ってしまうかも知れない。

それでも会えるものなら会いたかった。子が出来れば、乳汁なども飲ませてもらえるかも知れぬし、夫ある身を奪うという禁断の悦びなど、楽しみは山ほどあった。

それにしても、夢香との別れが近いときに美代の婿取り話は、少なからず衝撃的だった。

「では、生娘のふりをしなければならぬな。大店の息子なら、今までに女遊びぐらいしていよう」

「いいえ、ものすごくおとなしい人で、お酒も賭け事も何もしない人です。働き者で何の道楽もないらしくて」

「まあ、一緒に暮らさないと分からぬ部分もあるから、念を入れるに越したことはないだろう」

光二郎は言いながら、寅之助のことを思い出していた。あれほど清廉潔白《せいれんけっぱく》な人物でも、裏ではどんな性癖が秘められているかも分からないのだ。

「はい。私は最初がどのようだったのか、夢中で覚えておりません。今日はいろいろ教えてくださいませ」

美代が言い、光二郎も淫気を高めて袴を脱ぎはじめた。すると彼女も立ち上がり、頬を染めながら帯を解きはじめていった。

やがて先に下帯まで外して全裸になった光二郎が、美代の襦袢を脱がせ、腰巻きまで取り去って一糸まとわぬ姿にさせた。

「ああ……、恥ずかしい……。卯之助さんも、最初から何もかも脱がせるのでしょうか……」

「さあ、それは分からないが、とにかく今のように恥ずかしがっていれば間違いはないだろうな」

光二郎は言いながら、彼女を横たえて添い寝していった。

そしてそっと唇を重ね、美少女の甘酸っぱい息を嗅いで舌を差し入れた。歯並びをたどると、すぐにも美代が前歯を開いて舌を触れ合わせてきた。

「ああ、それはいけない。まだ何も知らないのだから、自分から舌を出さない方がいいな」

「はい。ではどのように……」

美代が真っ赤になりながら囁いた。情交が始まってから、普通に会話するのが恥ずかしいのだろう。

「舌を舐めたいとか、出してくれとか言われるまで、歯を閉ざしていればよい」

「はい。ではそのようにいたします……」

美代は答え、再び睫毛を伏せて口を閉ざした。

光二郎も再び口を重ね、舌を差し入れて滑らかな歯並びを舐めた。八重歯の感触が愛らしく、彼は執拗に舌を這わせ、桃色に引き締まった歯茎の隅々まで舐めた。

「舌を出してくれ」

囁くと、ようやく美代が前歯を開き、さらに濃く甘酸っぱい芳香を漂わせながら赤い舌を伸ばしてきた。

「ああ、それでよい」

彼は言い、ねっとりと舌をからめながら差し入れた。そして温かく甘い唾液に濡れた口の中を舐め回しながら、手のひらを乳房に這わせ、指の腹でツンと硬くなっている乳首を探った。

「く……！」

美代が呻き、反射的にちゅっと強く彼の舌に吸い付いてきた。

「ああ、今のはよい。何にでも反応するのが生娘らしい。感じているのではなく、怯えているように見えるからな」

「はい……、どうにも、自然に身体が……」

美代は答え、すっかり上気した顔で喘いでいた。

この眉もやがて剃られ、可愛い歯並びにもお歯黒が塗られるのだ。光二郎は、感慨を込めて美少女の顔を見下ろした。

「肌が震えるのはよいが、なるべく声は抑えた方がよいな」

彼は言い、愛撫を再開させた。

どうせ初夜は暗がりで行なうのだろうから、表情までは気遣わなくて良いだろう。

光二郎は首筋を舐め下り、美代の初々しい乳首に吸い付いていった。

「あん……」

ちゅっと吸うと、彼女が声を上げてびくりと顔をのけぞらせた。これぐらいの反応は、生娘としても許容範囲の内だろう。

彼は左右の乳首を交互に含み、あと何度味わえるか分からない町娘の柔らかな乳房に顔を押しつけた。もちろん腋の下にも顔を埋め、甘ったるい汗の匂いと和毛《にこげ》の感触を味わった。

さらに柔肌を舐め下り、形良い臍《へそ》を舐め、腰から太腿へと下りていった。そして足首を摑《つか》んで浮かせ、足裏を舐め回して指の股に鼻を割り込ませた。汗と脂《あぶら》に湿り、蒸れた匂いが今日もかぐわしく籠もっていた。

「あうう……、そ、そんなこと、するでしょうか……」

爪先をしゃぶられながら美代が腰をくねらせ、声を震わせて言った。光二郎であれば必ず舐める部位であるが、さすがの美代も、他の男はしないのではないかと思っているようだった。

「わからない。しないかもしれないが、物足りなかったら私に会いに来ればよい」

光二郎は自分勝手なことを言い、美少女の両足とも味と匂いが消え去るまで舐め尽くしてしまった。

そして美代を大股開きにさせ、健康的な脚の内側を舐め上げながら腹這いになって陰戸に顔を迫らせていった。

「アア……、そこも、舐めたりするでしょうか……」

美代が、明るい場所で陰戸を見られながら羞じらいに声を上ずらせて言った。

「おそらく、舐めるのではないか。武家はしないかも知れないが、大店の息子なら春本ぐらい見ているだろうからな。惚《ほ》れた証しで舐めると思う。だが稀《まれ》に、舐めないような男がいるかも知れないが、自分から求めるわけにもいかぬだろうから我慢するのだ。淫気が溜まれば私が居るからな」

光二郎はまた自分の都合で言いながら、美代の中心部に顔を埋め込んでいった。

柔らかな若草に鼻をこすりつけると、今日も甘ったるい汗と刺激的なゆばりの匂いが入り混じり、彼の鼻腔を心地よくくすぐってきた。

舌を這わせると、驚くほど大量の蜜汁がぬらりと感じられた。

「あぁッ……！」

美代がびくりと顔をのけぞらせて喘ぎ、思わずぎゅっと彼の顔を内腿で挟み付けてきた。

「だいぶ濡れているが、これは仕方がないな」

「は、恥ずかしい……。どうしたら良いのでしょう……」

「気にすることはない。初めての相手なら緊張してこれほどには濡れないだろう。二回目以降で濡れても、卯之助は自分の手柄と思ってくれるに違いない。だが、なるべく声は抑えた方が良いな」

光二郎が言うと、美代は慌てて手で口を押さえた。

彼は再び舌を這わせ、とろりとした淡い酸味の蜜汁をすすり、花弁のような襞の入り組む膣口から、光沢を放って突き立つオサネまで舐め上げていった。

「く……！」

美代が口を押さえ、懸命に喘ぎを堪《こら》えて呻《うめ》いた。

光二郎は苛めるようにちろちろと舌先でオサネを刺激し、さらに溢れてくる蜜汁を舐め取った。教えることにかこつけ、自分の欲望の解消が全てになってきてしまったようだ。

彼は美代の脚を浮かせ、白く形良い尻の谷間にも鼻先を迫らせた。

「あうう……、そこも、舐めたりするのでしょうか……」

「分からない。陰戸は舐めても、ここを舐めない奴もいるかも知れない。だが舐められたときの稽古《けいこ》だ」

光二郎はもっともらしいことを言いながら鼻を埋め込み、薄桃色の蕾に籠もった悩ましい匂いを吸い込んだ。そして舌先で細かな襞を舐め回し、充分に濡らしてからぬるりと潜り込ませた。

「あう」

美代はまた口を押さえて呻き、浅く潜り込んだ舌先をキュッときつく肛門で締め付けてきた。光二郎は充分に滑らかな内壁を味わい、ようやく脚を下ろしながら舌を離し、再び割れ目へ戻っていった。

「ど、どうか、もう堪忍してください。何も分からなくなります……」

美代が降参したように言い、くねくねと腰をよじるので、光二郎も適当なところで顔を上げた。

「ああ、普通ならこれぐらいで交接してくるだろう。だが中には、今のようなことを男が求めてくるかも知れない。その稽古をしよう」

光二郎は言いながら、自分が行なう愛撫を終え、上下入れ替わって仰向けになった。

そして喘ぎながら、やっとの思いで身を起こした美代の愛撫を待つ体勢になると、いきなり障子が開いて、ヒラリと夢香が入ってきたではないか。

二

「ヒッ……！　ゆ、夢香様……」

美代が驚き、身を縮めて光二郎に縋り付いてきた。彼も目を丸くし、突然侵入してきた夢香を驚いて見た。

「いきなり申し訳ありません」

夢香は静かに言い、内側から障子を閉めた。

ここは二階だが、夢香は難なく跳躍してきたようだ。外は杜《もり》だから誰にも見られていないだろう。

「ど、どうしたのですか……」

「はい。急に明日、姥山へ帰ることになってしまいました」

夢香が言い、とにかく美代は慌てて搔巻をかぶった。

「明日？　そのお身体で長旅は大丈夫なのですか」

「明日の正午、築地《つきじ》から小田浜藩の船が出ますので、それに乗れば歩かずに済みますから」

「そうですか……」

「それでお暇乞《いとまご》いにと思いましたが、ついでにお仲間にと」

夢香は言いながら、てきぱきと帯を解き、着物を脱ぎはじめた。みるみる白い肌が露出してゆき、光二郎は二倍の淫気を催しはじめた。

夢香のことだから、光二郎と美代の行動ぐらいすぐにも把握していたのだろう。

しかし美代は、何が起きているか分からない様子である。

「さあ、お美代さん。一緒に男の身体を学びましょうね」

たちまち全裸になった夢香が言い、搔巻を引き離した。

「い、いや……、恥ずかしい……」

「大丈夫。三人も楽しいのですよ。さあ……」

夢香が美代に寄り添い、腰の辺りに指を這わせた。すると美代は、びくりと肌を震わせ、急に拒む様子が消え失せてしまったのだ。夢香は淫術の手練れのようだから、淫気を催すツボも心得ているのだろう。

急に大人しくなった美代の顔を、仰向けになった光二郎の股間に屈ませ、夢香も顔を寄せてきた。

「ここは急所ですから、強くしてはいけません。優しく吸って、舐めるだけです」

夢香が囁き、先にふぐりに舌を這わせてきた。すると美代も素直に同じようにし、滑らかな二枚の舌の刺激が彼を酔わせた。

「ああ……」

光二郎は、今まで得たこともない快感に喘ぎ、二人の鼻先でひくひくと肉棒を震わせた。

美女二人は頬を寄せ合い、熱い息を混じらせながら睾丸を一つずつ吸い、優しく舐め回してきた。混じり合った唾液が温かく袋全体を濡らした。夢香が右側、美代が左側だ。

「ここも、舐めると悦ぶのです。自分も心地よかったでしょう?」

さらに夢香は彼の両脚を浮かせながら言い、先にヌラヌラと肛門を舐め回してくれた。そして口を離すと、続いて美代も、夢香の唾液に濡れた肛門を舐め、浅く舌先を潜り込ませてくれたのだ。

「あう……！」

光二郎はゾクリとする快感に呻き、美少女の舌先を肛門で締め付けた。

二人はしばし、交互に舌先を彼の肛門に潜り込ませて蠢かせ、熱い息でふぐりを刺激してきた。

ようやく脚が下ろされると、二人の舌はいよいよ肉棒の付け根に触れてきた。

「旦那様には、自分からしてはいけませんよ。今はあくまで光二郎様にだけ。旦那様には、求められても最初は拒《こば》み、再三言われたらようやく応じるようにするとよろしいでしょう。もちろん、あまり上手に舐めたり吸ったりしてはいけませんよ」

夢香は囁きながら付け根を舐め、美代も素直に頷いて同じように幹に舌を這わせてきた。

「ああ……」

側面を、二人の舌がゆっくりと這い上がり、彼は暴発寸前の高まりの中で喘いだ。

とうとう二人の舌先は張りつめた亀頭に達し、混じり合った熱い息が恥毛を刺激してきた。

先に夢香が先端を舐め、続いて美代も同じようにした。鈴口から滲む粘液が二人に舐め取られ、今度は先に美代が亀頭を含んできた。

温かな口の中で舌が這い、美代は吸い付きながらすぽんと口を離した。すかさず夢香が呑み込み、喉の奥まで入れて舌をからませてきた。たちまち一物は、二人の混じり合った唾液に温かくまみれた。

何という夢のような快感だろう。美女二人に同時に舐められるなど、大店の旦那が吉原《よしわら》で大金を積んでさえ果たせないことではないだろうか。

それに二人の口の中は、温もりや感触、舌の蠢きなどが微妙に異なり、それが何とも言えない快感になっていた。交互に味わうと、その微妙な違いが良く分かり、それぞれに趣があるのだった。

「い、いきそう……」

もう、どちらの口に含まれているかも分からないほど快感が高まり、光二郎は降参するように口走り、腰をよじった。

「構いません。どうせ一度では済みませんでしょう」

夢香が答える。してみれば今しゃぶっているのは美代のようだ。確かに、美女が二人もいるのだから一度の射精で気が済むわけもない。

さらに夢香も息を混じらせて舌を這わせ、果ては二人が同時に亀頭を舐め回してきた。何やら、女二人の口吸いの間に肉棒を割り込ませたようだ。

しかも二人は息をぴったりと合わせ、同時に顔を上下させ、すぽすぽと濃厚な摩擦を行なってきた。

「あうう……、い、いく……！」

とうとう光二郎は大きな快感の津波に巻き込まれ、口走るなりありったけの精汁を勢いよく噴出させてしまった。

「ンン……」

美代の声がする。彼女が口に受け止めたようだ。そして喉を鳴らして飲み込み、口を離すとすかさず夢香が含んで余りを吸い出してくれる。

「アア……」

光二郎は夢のような快感に全身を脈打たせ、股間を突き上げながら最後の一滴まで絞り尽くしてしまった。二人は先端から口を離し、飛び散った分を舐め、鈴口から滲む余りまで丁寧にすすってくれた。

「く……」

その刺激に光二郎は呻き、過敏に反応しながら腰をよじった。

ようやく二人は最後の一滴まで一緒になって舐め取り、完全に彼の股間を綺麗にしてくれた。さらに二人は、互いの口の周りを舐め合った。

美代は、完全に夢香の淫術に操られ、朦朧としているようだった。

三

「さあ、ここも丁寧に舐めてあげるのですよ……」

夢香が囁き、美代と一緒に仰向けの光二郎の脚をそれぞれ舐め下りていった。

光二郎は余韻の中で身を投げ出していたが、その刺激に休む暇もなく身悶えた。

夢香が、彼の右の足裏を舐め回し、爪先《つまさき》にしゃぶりつくと、左側を美代も同じようにしてきた。

「もちろん旦那様には、求められたらするのですよ。でも、どうしてもしてあげたくなったら構いません。どうして、そのようなことをするのだと問われたら、身体中、食べてしまいたいほど好きだから、と言えば喜んでもらえます」

夢香が呪文《じゅもん》でも唱えるように囁き、彼の足指の股に順々にぬるりと舌を割り込ませてきた。

美代もためらいなく指の間を舐め、光二郎は爪先を温かく清らかな唾液にまみれさせながら、申し訳ないような快感に喘いだ。

やがて二人は充分に彼の足指をしゃぶり尽くしてから、脚を舐め上げてきた。

「そっと嚙むのも良い刺激になります」

夢香が言い、彼の内腿に軽く歯を立ててきた。美代も反対側の内腿に綺麗な歯を食い込ませ、光二郎は急激にむくむくと回復してきた。やはり相手が二人いると、回復する時間も倍の早さのようだった。それに美女二人が相手など、今後一生体験できないかも知れない。

さすがに二人は、射精したばかりの一物は避けて腰から胸に這い上がり、左右の乳首に一度に吸い付いてきた。

「ああ……」

光二郎は喘ぎ、胸を二人の熱い息にくすぐられながら悶えた。

ここでも二人は、彼が望んでいるのを熟知しているように、コリコリと歯を立てて刺激してくれ、腹も胸も蛞蝓《なめくじ》でも這ったような唾液の痕《あと》を縦横に印してくれた。

そして二人は彼の左右から挟み付けるように添い寝し、首筋を舐め上げ、耳の穴に舌を差し入れてきた。

左右同時だから、くちゅくちゅと湿って蠢く舌の音しか聞こえなくなり、何やら頭の内側まで舐め回されている気分になった。

さらに耳たぶを噛み、頬を舐めながら、とうとう二人の顔が左右から近々と正面に迫ってきた。

二人は申し合わせたように彼の頬から瞼《まぶた》を舐め、同時に鼻の穴を舐め回してきた。

「ああ……、気持ちいい……」

光二郎は、うっとりと呟いた。生温かな唾液に顔中がまみれ、混じり合った甘酸っぱい息の匂いが馥郁と鼻腔を刺激してくるのだ。それは、野山と江戸の、両方の果実の匂いだった。

やがて二人が舌を伸ばし、争うように彼の口に割り込ませてきた。

光二郎も舌をからめ、それぞれに味わいのある柔らかな感触を堪能し、混じり合った大量の唾液で喉を潤した。

三人が鼻を付き合わせて口吸いをしているものだから、狭い空間に美女たちの唾液と吐息の匂いが籠もり、さらに顔中が湿り気を帯びてくるようだった。二人は軽く彼の唇を噛んできたので、光二郎は美女たちに少しずつ食べられているような快感に恍《こう》惚《こっ》となった。

「い、入れたい……」

光二郎が激しく高まりながら言うと、二人は顔を上げた。

「さあ、お美代さんがどうぞ……」

夢香が言う。やはり自分は挿入を控えるようだ。

彼女は美代の手を支えて彼の一物を跨がせた。そして幹に指を添え、そっと先端を陰戸に押し当てた。

美代もゆっくりと腰を沈ませ、ぬるぬるっと滑らかに肉棒を熱く濡れた柔肉の奥へと呑み込んでいった。

「アァッ……！」

美代が眉をひそめ、声を洩らしながら股間を密着させてきた。

「そう、旦那様とする最初の時は、痛そうに眉根を寄せると良いでしょう」

夢香が美代に囁く。光二郎が言うべきことを、丁寧に教えてやってくれていた。

光二郎も狭く熱い柔肉に締め付けられ、快感に包まれて喘いだ。

しかし、さすがに一度射精したばかりなので暴発する恐れはなく、多少の余裕があった。

「夢香様の、舐めたい……」

美代と交接しながら言うと、

「いいでしょう……」

彼女はすぐ頷き、ためらいなく彼の顔に跨ってきてくれた。そんな様子を見ても、すっかり操られているようになっている美代は悋気《りんき》の色も見せなかった。

光二郎は鼻先に迫る夢香の腰を抱き寄せ、柔らかな茂みに鼻を埋め込んだ。

生ぬるく悩ましい汗とゆばりの匂いが、馥郁と鼻腔を掻き回してきた。やはり美代とは微妙に違う匂いだ。

彼は何度も深呼吸して美女の匂いを吸収し、割れ目に舌を差し入れていった。中は淡い酸味の蜜汁に濡れ、味は美代と似ているが、やはり柔肉の舌触りが異なっていた。

膣口からオサネまで執拗に舐め、滴ってくる蜜汁で喉を潤した。

さらに尻の真下に潜り込んでいくと、夢香も自分から肛門を彼の鼻に押し当ててきてくれた。こうしたところだけは、他の女とは違う夢香の特徴だった。

光二郎は秘めやかな微香を嗅ぎ、その刺激に美代の膣内でヒクヒクと肉棒を震わせた。そして細かな襞の震える蕾に舌を這わせ、内部にも押し込んで滑らかな粘膜を味わった。

「く……」

夢香が小さく呻き、きゅっと肛門を引き締めてきた。

彼は充分に舐めてから舌を離し、再び割れ目からオサネへと吸い付いていった。

すると美代が、上体を起こしたままグリグリと腰を動かしはじめたのだ。その快感に、彼も下から股間を突き上げはじめた。

「ああん……！」

美代が喘ぐと、彼の顔の上から夢香が離れた。すると美代が上体を倒し、身を重ねてきた。

さらに夢香も横から添い寝し、肌を密着させながら顔を寄せてきた。

「き、気持ちいい……」

美代が口走ると、

「いけませんよ。最初にそのようなことを口走っては」

夢香がたしなめた。美代は素直に口をつぐみ、なおも腰の動きを続行させた。

光二郎が潜り込んで美代の乳首を吸うと、横から夢香も乳房を割り込ませてきた。

混じり合った甘ったるい体臭が彼を刺激し、一物は美代の内部で最大限に膨張していった。

光二郎は充分に二人の乳首を吸い、腋の匂いまで堪能してから、両手で二人の肩を抱いた。そして顔を迫らせ、また三人同時の口吸いをした。どうしても昇り詰めるときは、二人の混じり合った唾液と吐息が欲しかったのだ。

動きを速めると、美代の淫水も粗相したように溢れ、二人の股間をびしょびしょにさせた。

「い、いく……、アアッ……！」

光二郎は口走り、たちまち押し寄せる絶頂の波に身を委ねた。同時に、大量の熱い精汁が美少女の内部にほとばしった。

「あうう……！」

美代も呻き、今度こそ彼の噴出を感じ取ったようだった。

この分では、初夜から気を遣ってしまうのではないかと心配したが、そこは相手も違うし、美代も心得ているだろう。

とにかく光二郎は、美代と夢香の口と舌を舐め、混じり合った甘酸っぱい息で鼻腔を満たしながら、最後の一滴まで心おきなく出し尽くした。

すっかり満足して動きを止めると、美代もぐったりと力を抜いて身を預けてきた。

すると密着していた夢香まで、二人の快感が伝わったようにうっとりともたれかかっていた。

今度こそ光二郎は心ゆくまで余韻を味わい、荒い呼吸を整えた。

美代も、気を遣るまであと一歩のところだ。これだけ下地を作ったのに、完成させてしまうのは夫だから、少々口惜《くや》しい気もする。

だが、もし卯之助が淡泊すぎて美代を満足させられなければ、また光二郎の出番もやってくることだろう。

「ああ……、良かった。夢香様、有難う……」

光二郎が言うと、夢香は身を起こし、手早く身繕いをして立ち上がった。

「では、私はこれにて。お美代さんは、私が来ていたことは忘れておりますが、生娘の心得は胸の奥に残っていることでしょう」

夢香が言った。素破の淫術とは、何とも便利なものだと光二郎は感心した。

「明日、お見送りに行って構いませんか」

「いいえ、港へは小田浜藩の方々とご一緒ですので」

「そうですか。ならば朝のうちに玄庵先生の家をお訪ねします」

「はい、それならば」

光二郎が言うと夢香は頷き、来たときと同じようにそっと障子を開け、窓から出て行ってしまった。身重な身体なのに、この程度のことは朝飯前のようだ。

と、彼の上に乗ったままになっている美代が我に返ったようだ。

「まあ、まさか私は眠っていたのでは……」

美代が、本当に夢から覚めたような声で言った。

「いや、あまりに心地よくて気を失っていたのだろう。あとは、初夜に上手く生娘のふりをすればいいさ」

「はい……。でも、知らないうちに交わっていたなんて……」

美代は言い、彼の身体の上から下り、添い寝してしがみついてきた。

四

「夢香様、本当にお世話になりました」

「いいえ、私の方こそ」

翌朝、光二郎が訪ねて言うと、夢香も旅支度を整えて答えた。

玄庵の家の縁側である。もう間もなく、小田浜藩からの迎えの駕籠《かご》が来るようだった。

「おなかの子は、きっと女の子です」

「ああ、姥山は完全な女系だからな。きっとそうだろう」

夢香の言葉に、玄庵が答えた。

「玄庵先生が、名前を付けてくださいませ」

言われて、玄庵は庭の木に目をやった。

「今か。そうだな。楓《かえで》、でどうだろうか」

「楓。それは良い名です。呼ぶたびに、このお庭を思い出します」

夢香が嬉しそうに言い、下腹を撫でた。

「では、楓は姥山で素破として育てますが、十六になったら、玄庵先生の許へ寄越してお仕えさせましょう」

「そうか、先は長いが楽しみだな」

「でもどうか、玄庵先生が楓の父親だということは、内緒にしてくださいませ」

夢香が言う。素破というのは、親子の情などとは無縁に生きるのだろうか。

「ああ、分かったよ。わしが良い男を捜してやるとしよう。長生きしなければならなくなったな」

「はい。どうかお達者で」

夢香は涙も見せず笑顔で言い、玄庵と光二郎に深々と辞儀をした。

そして家の前に、豪華な乗り物が到着した。前後を担いでいる四人の陸尺《ろくしゃく》が玄庵に一礼した。

玄庵も港へは行かず、この家で夢香を見送るらしい。

やがて夢香が、もう一度二人を振り返り、庭を出て駕籠に乗り込んでいった。そして陸尺たちが担ぎ上げ、門前を立ち去っていった。

「ああ、行ってしまったなあ。良い女だった」

玄庵が、縁側に腰を下ろして言った。

「ええ、本当に。それで、これから玄庵先生のお身の回りの世話は？」

「藩邸から誰かを呼ぶことにしよう。それに桜が咲く頃には、わしも久々に小田浜に戻ろうかと思う。うるさい女房には会いたくないが、新三郎には会いたいからな」

玄庵が、庭の楓の木を見ながら言う。

「楓、か……。きっと良い女になって来るのだろうな。その頃、わしは生きていればもう六十近いか。子というより孫のようなものだな」

「はあ、でも楽しみですね」

光二郎は言い、やがて玄庵の家を辞した。

もう朝雲一家の残党たちにも、みな遠島の裁決が下されたようだった。

夢香は港へ向かい、美代は婿を迎える準備で忙しいだろう。みな、着々と事が終わり、事が始まろうとしている。

光二郎も、真っ直ぐに菜穂の家に行った。

まだ手習いの最中だが、美代は来ていなかった。昨日のうちに、もう来られない旨を菜穂に言っていたのだろう。

途中から光二郎が入り、子供たちに読み書きを教えた。そして昼前に終えて、みな帰っていった。

菜穂は昼餉の仕度をし、光二郎は墨や紙を片付けて、二間ぶち抜きだった部屋に襖《ふすま》を入れて閉めた。やがて二人は厨で簡単に昼餉を済ませた。

「あの、折り入ってお話があるのですが」

光二郎は、菜穂が洗い物を終えて座敷へ戻ると、話を切り出した。

「何でしょう」

彼女は、光二郎の改まった口調に小首をかしげた。

「実は、私と夫婦になっていただきたいのですが」

光二郎が思いきって言うと、菜穂は驚いたようにびくりと身じろいだ。

「そ、それは、私は五つも年下ですし、まだ新川様が亡くなって間もないから心苦しいのですが、すぐでなくとも構いませんので、どうかご一考いただければと」

彼は、沈黙が重苦しくて早口に言った。

菜穂は、じっと彼を見つめていたが、やがて口を開いた。

「せっかくのご好意ですが、お断わり申し上げます」

「え……？」

きっぱりと言われ、光二郎は絶句した。てっきり、一も二もなく応じてくれると予想していたのである。

「夫婦になれば、また私は帰りを待つ日々に戻り、今の自由な喜びは失われるでしょう。光二郎どのは、男と女にとって、何が一番大切かお分かりですか？」

「さ、さあ……」

彼は、断わられた衝撃に、頭の中が真っ白になってしまった。

「それは、程よい距離だと思います。旦那様との生活で、それが分かりました」

菜穂が言う。

男は、身近すぎると淫気を催さなくなり、いて当たり前という感覚になってしまうのだろう。あるいは光二郎自身も、菜穂と暮らして昼も夜も情交していれば、やがて飽きてしなくなり、他の女へ走ってしまうのだろうか。

そして菜穂自身も、所帯を持てば夫と妻という感覚になり、悋気《りんき》や独占欲も尋常ではなくなるのだろう。

すでに夫婦の生活を経験している菜穂が言うのなら、これ以上光二郎がごり押ししても、どうなるものではなかった。

「ねえ、光二郎どの。今のままで良いとは思いませんか」

「はあ……、確かに、私は菜穂様を呼び捨てになど出来ませんし、妻になっていただくより、今のまま振り仰いでいた方が幸せなのかも知れません……」

光二郎は答えた。

考えてみれば、妻に出来なくても、こうして情交できるだけでも大それたことなのである。

それに夫婦話を断わられても今後とも情交できるだろうし、それは菜穂が、夫婦では出来ない濃厚なことをしたいと望んでいるような気がした。まして菜穂の性格では、夫となった男の顔を跨ぐなども出来なくなってしまうだろう。

「わかりました。では夫婦のことは諦めます」

「ええ、分かっていただけて嬉しいです。むろん今後とも、今までのように光二郎どのには世話になるかと思いますので」

菜穂が言い、光二郎も納得して頷いたのだった。

五

「何やら、因縁の場所ですねえ……」

光二郎は夕暮れ、菜穂とともに鮫ヶ橋に来て言った。確かに、ここは光二郎と菜穂が深い仲になる切っ掛けとなった場所であり、寅之助が死んだ場所でもあり、そして光二郎が唯一、命がけで戦った場所でもあった。

菜穂が、どうしてもここで一度行ないたいと言ったのである。今日も暖かいし、もう破落戸たちも一掃されているから誰も来ないだろう。

しかも今日は、自分たちで茣蓙まで用意してきたのだ。

広い草原の中、通る人もいないが、それでもなるべく目立たない適当な場所に茣蓙を敷き、二人は横たわった。

日が今にも西の彼方に没しようとしているところで、見上げる空は真っ赤に染まっていた。

光二郎は菜穂と唇を重ね、柔らかな感触と、ほんのり甘く上品な息の匂いに酔いしれた。舌を差し入れて執拗にからみつけると、美女のねっとりした生温かな唾液が何とも美味だった。

菜穂も相当に淫気が高まってきたようだ。やはり、誰かが来るかも知れないという屋外は、座敷で行なうよりずっと興奮を伴うのだろう。

しかし、ここで全裸になるわけにはいかないから、肝心な部分だけ露出することになる。また、それがかえって感興をそそるのだった。

光二郎は菜穂の口の中を隅々まで舐め回しながら、身八口から手を差し入れ、温かな熟れ肌をたどりながら乳首を探った。

「ンンッ……！」

菜穂が熱く呻き、彼の舌に強く吸い付いてきた。

光二郎はくりくりと指の腹で乳首をいじり、さらに裾から手を差し入れ、むっちりとした内腿を撫で上げて陰戸に指を這わせた。すでに、そこは蜜汁が大洪水となっていた。

「ああっ……、気持ちいい……」

菜穂が口を離し、何とも色っぽい表情でのけぞった。

さらに彼は胸元を寛《くつろ》げ、顔を埋め込んでいった。菜穂も紐をゆるめて、ようやく乳房を引っ張り出した。色づいた乳首を含み、膨らみに顔を埋め込むと、着物の内に籠もった甘ったるい肌の匂いが馥郁と鼻腔を刺激してきた。

舌先で乳首を弾くように舐めながら、なおも陰戸を探っていると、菜穂が我慢できなくなったように激しく身悶えはじめた。

「ね、ねえ……」

菜穂が、指では物足りぬというふうに甘えた声でせがんできた。

「何です」

「分かっているくせに……」

菜穂が、彼の指を内腿に挟み付けながら言った。

「春本などではこういう時、おま××を舐めて、と言うのですよ」

「アアッ……！　そのようなことを言わせたいのですか……」

菜穂は、言葉だけですぐにも気を遣りそうに喘いだ。

「そうです。言ってから、私の顔に跨ってくださいませ」

光二郎は、草に敷かれた茣蓙に仰向けになりながら言った。そして自分も袴の前紐を解き、ずらしながら裾を開き、下帯まで取り去った。

いつしかとうに日が没し、周囲は藍色の夕闇に包まれはじめていた。間もなく暮れ六つの鐘の音が聞こえてきた。

「分かりました。言えばよろしいのね……。お、おま××を舐めて……、ああッ！」

菜穂はとうとう言い、自分の発した恥ずかしい言葉に激しく身悶えた。

「では、跨いでください」

光二郎は、菜穂の綺麗な声で淫らな言葉を聞き、興奮を高めながら言った。そして彼女の手を引いて引き上げていくと、菜穂も素直に裾をからげ、厠に入るように彼の顔に跨ってきてくれた。

「ああ……、早く、お願い……」

菜穂はすっかり乱れに乱れ、自ら陰戸を彼の口に押しつけてきた。

光二郎も下から豊満な腰を抱え、夜目にも白い内腿に挟まれながら柔らかな茂みに鼻を埋め込んだ。

蒸れた汗とゆばりの匂いが馥郁と鼻腔に染み込み、舌を這わせるとねっとりした大量の蜜汁が口に流れ込んできた。彼は夢中になって美女の匂いを吸収し、オサネに舌を這わせてヌメリをすすった。

「アァッ……、気持ちいい……」

菜穂はうねうねと腰を動かしながら喘ぎ、新たな蜜汁を湧き出し続けた。

遠目にもし見る人がいたら、女一人が草の中で、こっそり用を足しているように見えたことだろう。

裾が顔中に覆いかぶさるので、なおさら熱気と悩ましい匂いが内部に籠もった。

光二郎は執拗にオサネを舐め、さらに白く豊かな尻の谷間にも潜り込んで、蕾に鼻を埋めた。秘めやかな匂いを胸いっぱいに嗅ぎながら舌先でくすぐるように肛門を舐め、襞の細かな震えを味わい、内部にも潜り込ませて、ぬるっとした滑らかな粘膜を舐め回した。

「あう……、もっと、ここを……」

菜穂が喘ぎながら言い、自分から股間をずらして、再びオサネを彼の口に押しつけてきた。

「菜穂様、どうか、ゆばりを放って下さいませ……」

「そ、そんなこと……」

真下から言うと、菜穂が驚いて言いながらも股間を上げることはしなかった。

「さあ、ほんの少しでも良いですから……」

光二郎は柔肉に強く吸い付きながらせがみ、激しく求めた。

「知りませんよ、溺《おぼ》れても……」

菜穂が言い、下腹に力を入れてきた。屋外でもあり、通常よりずっと解放的になっているのだろう。

いくらも待たないうち、彼の口にちょろちょろと水流が注がれてきた。うすら寒くなってきた頃合いだけに、それは熱く感じられ、心地よく喉を通過していった。

「アア……！」

菜穂は大変なことをしてしまったかのように声を震わせ、なおも放尿を続けた。

それでもあまり溜まっていなかったか、流れは間もなく収まった。光二郎は全て飲み干してから、あらためて美女の味と匂いを堪能し、余りの雫をすすりながら割れ目内部を隅々まで舐め回した。

たちまち新たな蜜汁が大量に溢れ、菜穂も激しく高まったようだ。

「ああッ……！　もう、我慢できません……」

彼女はびくりと腰を浮かせ、いきなり彼の股間に顔を埋め込んできた。そして屹立している一物を喉の奥まで呑み込み、温かな息を股間に籠もらせながら、貪《むさぼ》るように吸い付いてきた。

「く……！」

光二郎は、温かな口の中で唾液にまみれ、舌の洗礼を受けながら快感に呻いた。

菜穂は満遍なく舌を這わせ、充分に一物を濡らしてからすぽんと口を離し、身を起こしていった。

そのまま茶臼で彼の股間に跨り、唾液に濡れた幹に指を添えて先端を膣口にあてがってきた。光二郎も下から股間を突き上げると、菜穂は感触を味わいながらゆっくりと座り込んでいった。

「ああーッ……！」

深々と受け入れながら、菜穂が顔をのけぞらせて喘いだ。

一物は滑らかに根元まで呑み込まれ、光二郎も肉襞の摩擦と温もりに包まれながら快感に息を詰めた。

互いに着衣のまま、股間だけ合わせているというのもやけに淫らで心地よかった。

菜穂はすぐにも身を重ね、しっかりと彼の肩に腕を回してしがみついてきた。

光二郎も両手を回して股間を突き上げ、溢れる蜜汁に内腿まで濡らしながら摩擦快感を味わった。

「い、いきそう……、すぐに……」

菜穂が口走り、熱烈に彼の唇を求めてきた。

やはり屋外で、通常よりずっと早く高まってきたようだ。暗くなって肌寒くなってきたし、誰も来ないと分かっていても、外にいるからどこか不安で、それが絶頂を早めているのだろう。

どうせ外で一度して、これから家に戻ったら、あらためてじっくり二度目をするに違いなかった。だからこれは一度目とはいえ、前戯のようなものかも知れない。

「ンンッ……！」

激しく舌をからめながら、菜穂は自らも勢いをつけて腰を動かしてきた。

たちまち膣内の収縮が最高潮になり、その勢いに呑まれて光二郎は昇り詰めてしまった。

「アア……、菜穂様、いく……！」

光二郎は口を離して喘ぎ、絶頂の快感に全身を貫かれながら、ありったけの精汁を勢いよくほとばしらせた。

「あう！　光二郎どの……、何て、気持ちいい……、ああーッ……！」

菜穂も内部に噴出を受けながら気を遣り、がくんがくんと狂おしい痙攣を繰り返しながら喘いだ。

光二郎は締め付けの中で、心地よく最後の一滴まで出し尽くした。

菜穂も痙攣を続けていたが、次第に硬直を解いてぐったりともたれかかってきた。

膣内はいつまでも収縮を繰り返し、光二郎は彼女の重みと温もりの中、美女の甘い吐息に包まれながらうっとりと快感の余韻を味わった。

菜穂は重なったまま荒い呼吸を繰り返し、夜風の冷たさにようやく自分を取り戻しはじめたようだった。

「湯屋に寄って帰りましょう……」

「ええ、外も、たまには良いものですね」

菜穂の言葉に光二郎が答えると、彼女は繫《つな》がったままぶるっと身震いした。

「でも、外でするのは今宵限りにしましょう。やはり何だか怖いです」

あれほど声を上げて喘ぎ、感じていたくせに菜穂が言い、ようやくそろそろと股間を引き離してきた。あるいは死んだ寅之助が、そこらで見ているような気がするのかもしれない。

菜穂は懐紙で互いの股間を手早く拭い、胸元と裾を直した。

光二郎も起き上がって下帯と袴を整え、大小を腰に帯びた。

「真蓙はどうします。湯屋へ行くのに、丸めて持ち込みますか」

「いいえ、もう古いものなので捨ててゆきましょう」

「そうですね。誰か、また夜鷹が拾って使うかも知れません」

光二郎は言い、やがて二人で歩き出した。

空には、降るような満天の星だ。

彼は何やらあの晩、夜鷹になった菜穂と情交を終えたような錯覚に陥り、夢香や美代とのことなども、何もかも夢だったような気になった。

ほてり草紙

一〇〇字書評

切り取り線

購買動機（新聞、雑誌名を記入するか、あるいは○をつけてください）

□（　　　　　　　　　　　）の広告を見て
□（　　　　　　　　　　　）の書評を見て
□ 知人のすすめで　　□ タイトルに惹かれて
□ カバーがよかったから　　□ 内容が面白そうだから
□ 好きな作家だから　　□ 好きな分野の本だから

●最近、最も感銘を受けた作品名をお書きください

●あなたのお好きな作家名をお書きください

●その他、ご要望がありましたらお書きください

住所	〒				
氏名		職業		年齢	
Eメール	※携帯には配信できません		新刊情報等のメール配信を希望する・しない		

あなたにお願い

この本の感想を、編集部までお寄せいただけたらありがたく存じます。今後の企画の参考にさせていただきます。Eメールでも結構です。

いただいた「一〇〇字書評」は、新聞・雑誌等に紹介させていただくことがあります。その場合はお礼として特製図書カードを差し上げます。

前ページの原稿用紙に書評をお書きの上、切り取り、左記までお送り下さい。宛先の住所は不要です。

なお、ご記入いただいたお名前、ご住所等は、書評紹介の事前了解、謝礼のお届けのためだけに利用し、そのほかの目的のために利用することはありません。またそのデータを六カ月を超えて保管することもありませんので、ご安心ください。

〒一〇一－八七〇一
祥伝社文庫編集長　加藤　淳
☎〇三（三二六五）二〇八〇
bunko@shodensha.co.jp

祥伝社文庫

上質のエンターテインメントを！　珠玉のエスプリを！

祥伝社文庫は創刊15周年を迎える2000年を機に、ここに新たな宣言をいたします。いつの世にも変わらない価値観、つまり「豊かな心」「深い知恵」「大きな楽しみ」に満ちた作品を厳選し、次代を拓く書下ろし作品を大胆に起用し、読者の皆様の心に響く文庫を目指します。どうぞご意見、ご希望を編集部までお寄せくださるよう、お願いいたします。

2000年1月1日　　祥伝社文庫編集部

ほてり草紙《ぞうし》　長編時代官能小説

平成20年2月20日　初版第1刷発行

著　者　睦《む》月《つき》影《かげ》郎《ろう》

発行者　深澤健一

発行所　祥《しよう》伝《でん》社《しゃ》
東京都千代田区神田神保町3-6-5
九段尚学ビル　〒101-8701
☎03(3265)2081(販売部)
☎03(3265)2080(編集部)
☎03(3265)3622(業務部)

印刷所　堀内印刷

製本所　関川製本

ISBN978-4-396-33412-3 C0193

祥伝社のホームページ・http://www.shodensha.co.jp/